KB017554

가기 전에 쓰는 시들

희수정

일러두기

시로 갈 시와 글로 갈 글, 그 태생과 성장과 말년을 엿볼 수 있는 시작 메모들. 1부는 시인이 2011년부터 2018년까지 '글들'이라는 폴더 안에 근 7년간 써내려 간 시작 메모를 시기별로 담아낸 기록입니다. 폴더 이름 2011 작은 글, 2012 NOTE, 2013 글들, 2014 희망들, 2015 Schriften, 2016 SH, 2017 병상일기, 2018 가기 전에 쓰는 시들. 가급적 시인의 시작 메모에 편집 교정이라는 손을 크게 타지 않게 했습니다. 2부는 시인이 시집 『누구도 기억하지 않는 역에서』(문학과 지성사, 2016년 9월 28일)를 출간한 이후 타계하기 전까지 각종 문예지에 발표한 시의 모음입니다. 3부는 시인이 제 시에 부친 작품론과 시론, 이 두 편으로 채웠 습니다. 2부와 3부에 걸쳐 발표된 작품들의 수록 지면은 이 책의 마지막 챕터에 그 출처를 밝혀두었습니다. 그 밖에 연재를 하거나 발표를 한 다각도의 산문들 은 유고 산문집 형태의 새 책으로 2020년 선보일 예정입니다.

가기 전에 쓰는 짧은 글

— 허수경 유고집

ㄴㄴ > < ㄷㄴ

— 차 례

— **1**부

시
작 메
모

(2011-2018)

2011년 4월 13일

─환한 배나무

나는 그 배나무 앞에 서 있었다.

환한 봄빛이 배나무 꽃 사이를 지나갈 때

나 역시 빛을 환히 받고 서 있었다.

당신을 보내고 난 뒤였다.

다시 돌아오지 않을 것처럼 바람 한 점 없는

날이었다.

나는 한참 동안 그곳에 서 있었다.

막 이제 보낸 당신이 돌아오는 것처럼

환한 저 나무 앞에서

감히 물어보고 싶은 것,

너처럼 나도 환하니?

누군가를 기다린다는 건 환하다.

환하고 꽉 차서 저 혼자 반짝인다.

배가 익으면

배가 익어가는 계절에

나는 당신을 기다린다.

2011년 4월 17일

—불행해져서는 안 된다. 아주 많이 해보았다. 새로운 사랑은 우리를 꽉 채우는 그런 사랑이다. 우리를 행복하게 하는 사랑이다. 홍대 앞에 가서 아주 차가운 맥주 한잔 마시고 싶은 날. 걷다보면 알 수 있겠지. 저 꽃들 사이에서 웃다보면 알 수 있는 사랑도 있겠지. 아주 춥다. 추워서 다시 겨울로 들어간 것 같다.

2011년 4월 19일

─다만 봄이 아직 지나지 않았고 까무러칠 만큼의 고독한 시간은 이제 시작될 것이다. 당신도 그렇겠지요? 아마도 그렇지 않을까. 아, 고독이라는 건 정말 고독하구나. 술을 마시고 누구에겐가 편지를 쓰는 일은 없었으면 좋겠다. 이생에 더 이상은 없었으면 좋겠다.

2011년 4월 26일

─봄 오후

　구름이 지나가는 속도가 빠른 봄 오후

　핀 꽃들이 어두워졌다 밝아졌다 하는 봄 오후

　멀리 있는 당신은 나를 잊었네, 그런 생각을 하는 봄 오후

　이 세계에 있는 모든 일을 다 잊고 훌훌 갔음 싶은 봄 오후

　나를 놓고 그냥 사라지고 싶은 봄 오후

　그래도 아무 미련 없어 참 난감한 봄 오후

나의 신조는 혼자서 말라가지 않는 거예요.

슬픔도 지그시 누르는 거예요.

부어오른 뺨처럼 누르는 거예요.

당신이 나를 도통 잊은 것 같은 봄 오후

부치지 못한 편지만 가득한 봄 오후

먼 바람에 오이가 꽃을 뚫고 돋아드는 봄 오후

우는 세월은 아무 소용없는 봄 오후

다만 그대가 돌아설 때

이 물기 많은 태양의 달인

어린 오이를 주지 못해 맘에 걸린 봄 오후

당신은 다시 오지 않을 거라는 예감의 봄 오후

우린 이렇게 사라질 거라는 불안의 봄 오후

저 시퍼런 오이의 피부를 뚫고

태양 속으로 들어가는 봄 오후

차마 보내지 못한다.

편지의 눈이 오이 속에서 글썽거린다.

햇빛만 가까스로 무사한 봄 오후

마음은 없고 당신만이 들어와 꽉 찬 봄 오후

그 팔, 다리, 눈, 입, 귀,

당신이 누군가를 껴안고 그리고

그 모든 육체의 편지를 껴안고 일렁거리는 봄 오후

누군가의 그림자가 구름 밑에 돋아나는 봄 오후

중독자의 봄 오후

버린 자의 봄 오후

버림받은 자의 봄 오후

……참고로 말한다면,

이렇게 오래 엎드려 있다가 일어날 수도 없는 봄 오후

하지만 나의 것인 봄 오후

당신이 없었더라면 아무것도 아니었을 봄 오후

하지만 내가 이렇게 뜨거워서

실제 당신과는 아무 상관없는

나의 당신만이 겨우 존재할 수 있는 봄 오후

온몸의 피가 불귀를 사랑하는 봄 오후

……참고로 말한다면

사실은 겨울이었던 이 무시무시한 봄 오후

섬득섬득 사라지는 빛의 봄 오후

북풍의 봄 오후

정말, 당신 때문일까,

이렇게 저녁을 준비할 자격이 있을까, 햇살아?

당신에게 부치지 못하는 편지들을 곱게 접는 봄 오후

2011년 4월 27일

—어떤 영혼에 이끌려 낯선 도시에서 시간을 보낸 적이 있었다. 그 영혼의 손을 잡고 나는 걸어다녔다. 박물관엘 갔고 버스와 트램을 탔으며 배도 타고 식당에도 가고 술도 먹었다. 그 손. 그 손. 그 손을 생각하면 그렇다. 내가 당신의 손을 다시 잡고 어느 거리를 걸을 수 있을까. 손. 아픈 아버지를 둔 육십대의 고고학자가 들려준 이야기. 손을 잡을 수 있는 일 말고는 할 수 없었다. 그것이 최소한의 일이었고 그리고 최대한의 일이기도 했다.

2011년 4월 28일

—너무 매달려 있으면 보이지 않는다. 첼란과 바흐만의 편지들을 읽으면서 너무나 서늘해진다. 아무리 뛰어난 모든 심장의 순간도 그렇게 가고 또 오는 것이다. 아마도 그럴 것이다.

—결국은 이 짧은 노트들이 날 위로하고 치유할 것이다. 마음은 꽃들에게 해킹당한 컴 같다.

—여권을 보내고 집으로 돌아와서 이제 곧 받게 될 새 여권을 생각한다. 그 여권은 거주여권이다……

—하지만 오늘은 내 문제가 아니라 민정 걱정하자. 얼마나 힘들까, 나의 민정은. 그 막막함, 어떤 치명적인 불행 앞에 서 있는 것 같은. 그리고 불가항력인 거. 왜 다 태어나서는 이 고생이야?

—나 언제나 그랬다. 세상과는 불화했고 (많은 사람이 그러했으므로 아주 평범한 예) 소심해서 날 숨겼지. 그러지 않겠다. 멋진 정사 장면을 쓰는 거야. 숨겨진 욕망에 대한 이야기를 하는 거야. 왜 한국에서 여자로 태어난 한 작가인 나는 내 본능과 욕망을 이렇게도 철저히 숨기고 싶어하는가? 그것이 나의 의문. 이렇게 멀리 떨어져 있으면 그냥 막, 말하는 거야.

막, 나, 욕망이 있다고. 나, 뭔가 사는 것처럼 울고 싶다고……

—그러나 종이여. 쓸쓸하다. 내 종이가 쓸쓸해질 때 예술에 대해서가 아니라 천박한 별 이야기를 쓰는 것이다. 모든 열매들은 한 식물이 가장 쓸쓸해질 때 익어간다. 저것 봐, 햇살이 저렇게 질 때 퉁퉁 부어오른 과일을 바라보는 것은 얼마나 절망인가. 곧 수확될 과일을 위하여 우는 영혼은 아마도 자연일 것이다. 그리고 곧 질 태양을 곁눈으로 바라보며 멀리 떠나 있을 구름의 뜨거운 손이 나에게 주던 비를 생각하는데 인간이 건설한 자연이 천박하면 할수록 그리고 그 천박함에 목이 메면 그럴수록 당신의 손을 생각한다. 그 위대한 손. 이 문명의 절망은 시인만이 이끌고 간다.

2011년 4월 30일

—외롭다는 말 뒤에는 언제나 이기적인 몸 죽임이 보인다,

나에게서. 첼란 전집을 받은 어제. 그의 시들과 산문을 번역해야 한다는 무거운 책무가 나를 짓누르고 있다. 해보자. 안유리라는 사람은 참 글이 좋다. 뭔가 될 것 같은 후배다.

2011년 5월 4일

―마당에 모란이 너무나 찬란하게 피었다. 찬란한 모란 앞에서 말을 찾는 것은 무의미하다. 시적인 진술들은 극적인 사실 앞에서 침묵당한다. 그때 일어나야 한다. 모든 시적인 것의 비밀은 그 침묵 뒤에 발생한다.

―그래. 섬득섬득 잊어가자. 그러다보면 그때 무슨 일이 벌어졌는지 알게 되리라. 모든 불가능한 것들 앞에서 쓰일 수 있는 것은 시뿐.

―아직 길이 멀었어. 아직 선연하게 새벽의 바다 앞에 서기엔 맘이 너무 뜨거워. 아마도 죽음으로 들어가는 순간까지

그렇지 않을까 싶어. 시인의 영혼과 도둑의 영혼을 지켜주는 신은 같은 신이래. 시인의 영혼은 일종의 범죄자의 영혼과 맞닿아 있지. 시인의 영혼이 그렇게 아픈 건 자기 연민 때문이지만 그렇지 않다면 무슨 힘으로 버틸래? 아직 길이 멀어. 푸르스름하지도 않아. 다만 검어. 길이 검어서 길 위를 걸어가는 나비도 보이지 않아.

2011년 5월 5일

―인간은 누구나 죽을 때까지 꺼지지 않는 불꽃이다.

―나의 시가 자신의 시간을 사는 동안 나는 나의 시간을 살아간다.

―내가 나를 유배시켜놓고 혼자 낮술을 마신다.

―절대적인 혼자 Absolutes Allein. 그 세계를 실현하기 위

하여 이 시간, 이 길 위에 서 있는지도 모르겠습니다. 온갖 인적이 끊어진 길입니다. 섬뜩합니다. 죽은 시인의 이름을 걸고 있는 트위터를 보았습니다. 누구일까요?

—참 그래, 소통할 수 있는 매체가 많아질수록 사람들은 자기 고백을 하려 든다니까. 왜 자기 고백을 남에게 알릴까. 다들 알잖아. 네가 어떻게 포장해도 그건 자기 고백이라는 걸. 그게 내가 트윗을 하지 않는 이유.

—매화꽃이 숨어서 죽어가고 있는 가득찬 봄날. 만나는 게 그리고 함께 사는 게 불가능하지만 사랑은 불가능한 것이 아냐. 사랑이 진정 나에게만 속할 때 사랑은 시작되는 거야. 너와 함께하는 사랑의 시절보다 더한 사랑의 시절이 오지. 열매들이 올 때, 그들은 자신의 사랑과 결별을 한 상태.

2011년 5월 8일

―인터넷에 떠도는 어떤 글에서 내가 쓴 시집을 무덤까지 들고 가겠다는 내용을 보았다. 세상에, 그런 일이……

―자기 연민에 빠진다. 누군가를 좋아하나 만나지는 못하고 시작될 때부터 불가능할 거라는 걸 알 때 길고 긴 자기 연민의 시간은 시작된다. 십대든 이십대든 오십대든……

―가장 좋은 언어에 대한 경외가 이렇게 삶을 지지부진하게 만들었다. 왜 우리는 서로에게 갈 수 없는 길이라고 믿고 있는가? 왜 우리는 가장 민첩한 영혼을 가졌으되 그렇게 느린 걸음을 하고 있는가? 이것은 반성이 아니다. 다만 툭, 어디에선가 떨어진 깃털일 뿐이다.

―시간을 정확하게 해체할 수 없는 순간에 시는 온다. 어떤 시간을 정확하게 정의할 수 없는 그 망설임의 순간에 시는 오는 것이다.

2011년 5월 10일

―내 안에서 자고 있던 수많은 문장이 울음을 터뜨리다가 내 속에서 나오니 말간 햇빛이 되네. 나의 계절 속에 피어난 모란. 정적에 가까이 다가가 있는 눈길을 사랑하자. 아주 오랫동안 아무 말 말고 이 자리에 서 있자. 폐허 도시, 하남에게로 돌아가자. 『박하』를 쓰자. 그 시간 속에 나의 노역이 있고 노역의 문장이 있네. 그래서 나는 즐겁고도 아릿한 노래를 하는 것이다.

―내가 잠든 사이 너는 뭔가를 남길 것이다. 저 비가 그랬다. 내가 잠든 사이 저 비가 울고 있던 모든 꽃들을 달래고 갔다. 그래서 깨어나보니 세상의 모든 나무에 매달린 꽃은 땅 위에 젖어 있었다. 나무는? 나무는 맞이하는 손님으로 분주해서 슬플 겨를도 없었다. 새 연인을 맞이한 나무는 너무나 신나게 흔들리고 있었다.

―매일매일 집중하지 못함과 집중의 강렬함 사이를 헤매고

있네. 아, 참, 뜨거운 봄이다.

2011년 5월 12일

—내 고독이 날 이끌고 죽음으로 들어갈 때까지. 만일 죽는 다면 아픈 것 말고 좋은 생각이 날까? 이 만춘에는 잎들의 피리 소리를 들으며 멀리 있는 사람들을 생각한다. 그리운 것들이 아름다운 이유는 볼 수 없는 산수처럼 아득하기 때문이다. 과학이 점령하지 못한 장소에 당신을 놓아둔다. (이무가 하남에게 한 말)

—데이비드 미첼은 너무나 좋은 소설가. 하지만 나는 그가 자신이 발견한, 발명한 형식을 반복하지 않기를 바란다. 『Cloud Atlas』『Ghostwritten』은 결국 같은 작품. 아마도 대하소설이 더 읽히지 않으면서 미첼은 이런 형식으로 자신의 대하를 완성하는지도 모르겠다. 숨겨진 대하소설.

─웃기는 문장 연구가 절실하다. 나에게 유머가 없다면 나는 반은 죽은 사람. 지금 나는 반은 죽은 상태.

─내가 괴로운 이유 중에 하나는 내가 사랑을 믿지 않기 때문이다. 내가 한 사람을 온 정성을 다하여 사랑하지 않기 때문이다. 종종 나는 사랑을 열정으로 착각한다. 감정을 사랑으로 착각한다. 올봄은 유독 그 증상이 심하다. 라일락이 너무 환해서, 아이리스가 너무 환해서, 그리고 내가 확신도 없이 어떤 이야기를 쓰고 있기 때문일까?

─왜 나는 매일매일 뭔가를 해야 한다는 강박에 시달리는 것일까.

─그냥 엎드려 있자. 지나가기만을 기다리자. 이 봄, 나는 참 많이도 우는구나. 내 정원의 토끼는 저렇게 작고 귀여운데도 말이다.

2011년 5월 14일

―나의 글로 들어가야 한다. 이렇게 산만하게 『박하』를 쓰면 안 된다. 내 독자들이 나에게는 참으로 중요한 사람들이다. 그들이 없으면 나도 없다. 마치 내 가족이 없으면 나도 없는 것처럼.

―쉽게 이해가 되는 시, 그러면서도 미학적 긴장이 떨어지지 않는 시, 진짜 운율이 살아 있는 시, 낭송될 수 있는 시. 김소월의 시가 아직도 나를 울릴 때, 그때 내가 가야 하는 시의 길이 정해지는 것이다. 서정주, 백석의 시. 서정시의 본령으로 들어가는 시. 만일 내가 「딸기」라는 시를 쓴다면 사람들은 딸기를 볼 때마다 그 시가 떠오르는, 그런 것.

―시가 널널해져야 한다. 실험의 시간은 지나가고 언어와 언어가 표현해내는 세계와의 관계를 유연하게 만들어야 한다. 그리고 벼려야 한다. 이제 언어와 대결하는 일, 세계를 사랑하는 일만 남았다.

—제비꽃이 피었는데 눈이 와서 바깥에 나가 앉아 손으로 눈을 가려준다. 저 꽃 얼어버리면 어제 겨우겨우 참아내었던 그리움이 같이 얼어버릴 것 같아 부럽다. 부럽다, 는 생각 많이 든다. 가라, 내 속에서 나가서 온전히 길을 잃어라.

2011년 5월 15일

—건축. 건축의 욕망. 어릴 때부터 집을 가져보지 못한 나는, 아니 내 식구들이 사는 집에 누군가가 방문하면 그렇게 부끄러웠던 나는, 집을 설계하는 일이 사치라고 생각했다. 다만 나는 방 한 칸만이 필요했던 것이다. 원당의 반지하방에 살던 때 곰팡이가 스멀거리는 벽을 바라보다가 나는 햇빛이 잘 들어오는 곳에 방 한 칸 있었으면 했다. 방 한 칸. 네가 나를 방문하면 적어도 곰팡이 속에서 우리가 차를 마시지는 않는 공간. 나는 나의 부모가 언제나 나를 파먹었다는 슬픔이 있다. 아마도 나의 근원적인 삶의 불구는 여기에서 나온 것이며 한국으로 들어가지 못하는 가장 큰 이유일 것이다.

―아무에게도 마음을 털어놓을 수가 없을 때 글을 쓰자. 아무 말을 하지 않고 있으면 이렇게도 병이 되니 글을 쓰면서 치유하자. 오늘도 아무것도 이루어지지 않겠구나. 하지만 이룬다고 뭐가 달라지나? 죽음의 아가리 속에는 벌만이. 아무래도 그렇다. 어제는 어쩌면 그렇게 울고 싶었을까? 내 예감이지만 『박하』가 끝나야 이 맘도 끝나거나 더 깊어지거나.

―구체적인 언어가 나오지 않는 까닭은 내가 게을러서이다.

―남에게 나를 드러내고 싶은 욕망도 누군가에게 인정받고 사랑받고 싶은 욕망도 다스리며 사는 것이다. 지그시 누르며. 이 인생, 가질 것 다 가진 나는 불구가 아니다. 다만 네 내면의 풍경 속에서 너는 불구인 척 걸어가는 것이다.

―간절히 기다릴 때는 아무도 오지 않는다. 저녁이 찾아오는데 등이 시려서 옷을 하나 더 껴입으려다 슬그머니 당신의 손이 내 등에 닿아 있다 생각하고 옷을 의자에 내려둔다.

―연필을 깎다가 나무 향이 맡아져 연필을 내려놓고 마당으로 가서 미치도록 붉은 일본산 벗나무 아래에 서 있다. 꽃은 이미 졌는데 붉은 잎은 저녁 빛과 바람 속에 흔들린다. 저 풍경이 너무 도저해서 결국 포기한다. 당신 생각하는 걸, 저 나무가 당신이라는 걸 내가 까맣게 잊고 연필을 깎았구나. 미안.

―삼각자를 모눈종이 위에 올려놓고 제도를 할 때면 온 영혼이 흔들린다는 느낌을 받는다. 1:50으로 축소되는 사물은 이 자의 반듯함을 사랑할까? 모눈의 작은 칸 하나 1밀리미터, 그 모눈 마다마다에 어제도 오늘도 그리고 오랫동안 당신이 들어 있을 것이다.

―한없이 설레는 나무들은 키가 잘 자라지 않는다. 새가 앉아 있던 가지에 노을이 오고 있다. 아, 당신. 이 저녁에 온다면 나는 무얼 드릴까? 만일 당신이 온다면…… 나는 무얼 드릴까. 너무 많아서 아무것도 없다.

─사랑이 시작되면 언제나 처음 사랑이라는 걸 해보는 것처럼 서툴다.

─구름이 아주 천천히 지나가니 빛은 더 귀해졌다. 구름 고양이 하나 코끼리 하나 호랑이 하나 잡아서 마음으로 데리고 들어온다.

─창밖을 내다보니 아, 저것 봐, 이웃집 개가 내 문 앞에 서 있잖아. 이를 어째, 손님처럼 데리고 올 수도 없는데. 데리고 오자. 그런데 나는 네 주인을 그렇게 좋아하지 않는단다.

2011년 5월 16일

─그렇게 지나가겠지…… 아니, 아무것도 그냥 지나가는 일은 없다. 아무런 식욕도 없이 먼 곳에서 겨우겨우 넘기는 점심. 내 맘의 멍이 지나가는 흰빛. 인간이 아무런 사연도 없이 타인을 위해주고 싶은 마음에는 죽음 한 컷이 보인다. 구멍

가게라는 말은 슬프다 구멍가게…… 뭔가를 상업적으로 교환하는 그곳에 구멍이 있다니 구멍을 바라보는 인간이 바라보는 것은 결핍이며 불구이다. 당신, 아무리 뛰어봐라 눈길 위엔 눈길밖엔 보이지 않는 거지. 라면 봉지 하나 없이 어느 날 미래에 부끄러울 가난을 나는 아주 멋들어진 그림으로 바꾸는 거…… 나는 치욕스러울 때면 언제나 꽃을 피웠지. 원당 반지하방에 살 때 연인이 내 문을 두들겨주면 좋았고 그렇지 않으면 시끄러운 냉장고에 기대어 홍수를 견디던 때, 나는 그때 사라지는 미학을 생각했던 거야. 그때 지상으로 내리던 눈에서 당신 미소를 보면서도 당신이 나에게 오지 않을 때 어느 날 아주 오랜 시간이 흐르고 난 뒤 물었어. 왜 그때 못 왔어요? 난 눈 치워. 그래…… 그러는 거지요.

2011년 5월 17일

—읽기에 껄끄러운 넋두리를 써놓고 지우지 않는다. 이건 기록이다. 문서다. 나는 이 기록을 잊고 살았다. 죽을 때까지

쓰는 일 말고 죽을 때까지 찾아오는 문장과 맞서지 않는 것 말고 내가 할 수 있는 일이란 없을 터이니.

2011년 5월 17일

―오늘도 아프지 않고 글을 쓰게 해주어서 감사합니다. 내일도 그렇게 되게 해주세요.

―분열이 글에서 보이지 않으니 나도 늙어가나봐. 그런데 분열이 보여서 어떡하겠니, 분열이 아니라 분열의 뒤가 보여야지. 분열과 갈망의 뒤가 보이는 글을 써야 한다. 너의 모습이 아니라 너의 뒷모습이 보이는 시를 써야 한다.

―거칠게 한판 살아본 사람들은 알지. 꽃이 떨어질 때 어떤 신음 소리가 나는데 그 신음 소리는 자신이 낸다는 것을.

―흔들린 사진이 더 아름다울 때가 있다. 내가 간곡한 뭔가

를 찍었는데 그 간곡한 무언가가 흔들렸다는 거다. 아니면 내가 그 간곡한 무언가에 저리도 물들었다는 거다. 흔들리는 모든 파장으로 당신과 나는 연결되어 있다.

2011년 5월 21일

─내가 고향을 떠날 때 한 각오는 이 세계를 떠도는 자로서의 품위를 지키자는 거였다. 자, 이십 년이 지나 나는 다시 나에게 말한다. 지키자, 이 품위를.

─누구에게도, 아무에게도 소식이 오지 않는 이 늦봄에 아주 어지러운 빛을 바라보면서 다시 가는 거야, 끝날 때까지. 이 세상에 있는 누구도 모르게. 하긴 아는 사람들이 나는 없었으니, 날 안다고 생각한 모든 사람들을 버리고 가는 나쁜 인간이 나이려니.

─필름이 끊어질 만큼 술을 마시는 시간들이 이 봄에 계속된

다. 몸은 살아남을 것 같지 않고 죽음은 아직 먼 이 봄. 나의 시는 암울해서 끔찍하다고 많은 사람들은 말하지. 왜 나는 사람들을 편안하게 하는 시를 쓰지 못했던 걸까.

—나에게 손을 내밀어준 모든 자연, 내 몸속으로 들어와 자연이 된 나의 가장 직접적인 커뮤니케이션의 주인공들이 꽃이고 열매고 나무고 새다. 그들을 위해 사랑노래를 불러주는 것은 너무나 당연한 일. 아마도 그 일이 나의 다음 프로젝트일 것이다.

—새와 눈이 마주쳐본 적이 있는가? 불면의 밤에 잠시 잠이 들었다가 어떤 새와 눈이 마주쳤다는 생각이 든 순간 잠이 깼다. 내 불면 속의 새여, 너는 누구였는가. 갑자기 모든 인간의 시간이 한꺼번에 파노라마처럼 지나간다. 당신은 새와 눈이 마주쳐본 경험이 있는가. 있다면 그 경험을 나에게 들려달라. 어땠는지, 그 경험을 들려달라.

2011년 5월 22일

―나는 예술가이다. 잊지 말아라. 단 한 번만이라도, 진짜 예술가이자.

―치열하지 않으면 죽는다. 독자 없이 사는 삶에 익숙해져야 한다. 그리고 울지 말아야 하며 많이 흔들려야 한다. 그런데 말이다, 지혜로운 것의 윤리성은 삶을 지루하게 하는가 아니면 삶을 풍요롭게 하는가? 예술가인 내 관점에서 바라보자면 그건 예술가의 독이다. 상처와 전면전을 벌이는 인간에게 지혜를 요구하는 것은 윤리적이지만 그것은 예술가에게는 예술을 집어치우라는 말과 같다.

―아주 오래전에 받은 편지들은 죽은 자들의 음성 같을 때가 있다. 오늘이 바로 그런 날. 개인이라는 특정한 자아가 없어진 우리 시대에 가장 특별한 인물들은 고대인들일 것이다. 그래서 아마 고대의 많은 것이 신비스러워 지금까지 세계를 떠도는 이유가 되었을 것이다. 고대인이란 무엇인가?

—고독의 가장 고요한 눈으로 들어가라. 그곳에는 아마도 태풍의 눈이 도사리고 있을 것이다. 시장에서 소비되지 않는 문학 장르의 대표적인 것이 시와 희곡일 터인데 밥벌이를 하기 위해 쓰는 긴 글들을 제외하면 제일로 맘이 끌리는 장르들이기도 하다. 시장에서 버림받은 예술가의 고독은 우리 시대의 꽃이며 절정이다. 시집들을 보아라. 그곳에는 시장에서 버림받아 우울한 표정이 없다. 그래서 시를 읽는다. 쓴다.

—세상으로 나가자. 세상으로. 아직 그리움이 있다면 지지 않았다는 증거. 참아라. 네 생활로 돌아가라. 그리고 부엌 가구에 덕지덕지 붙은 기름을 닦아내라.

2011년 5월 23일
—언젠가 어느 시인의 시집 해설을 쓰면서 삶은 삶에 먹히고 결국 남는 것은 시라고 했더니 정말 그렇다.

—자꾸 상처는 돋아들고 말은 없어져간다. 하지만 어제보다는 오늘이 살기 낫다. 내가 어서 글에서 벗어나야 집안이 편안해질 텐데. 그런데 네가 문득 들르고, 그래서 저녁은 오고, 네가 내 작은 선반에 있는 반쯤 비워진 소주병을 찾을 때 언젠가 네가 문득 들러 마시고 갔던 그 소주는 그때 그대로 남아 아, 저녁이 오고, 새들이 툭툭 창문가에 앉아 먼 노을을 생애로 받아들일 때 말간 소주의 저녁에는 말간 복국 너는 문득 오고 문득 가는 사람이어서 노을이어서 바람이어서 생애의 치명적인 급습이어서 모든 냇물 아래로 노래가 문득문득 너만큼이나 들리고, 그리고 네가 다시 가면 나는 이제 삼분의 일쯤 남은 소주병을 선반에 올리며 다시 네가 문득 들를 때 내가 없을 거라고 생각하는데……

—지도. 아직 잊지 않는 나날의 지도는 없다.

2011년 6월 3일

—미안해 오랫동안 소식을 전해주지 못해서.

　나의 나날은 꽃이 피거나 모르게 시들거나 했고

　다만 비가 내리고 햇빛도 있고

　낯선 만남, 느닷없는 사랑, 호수의 물결,

　조깅하는 여자들의 다리도 있었다.

　너만 없었네, 언제나 그랬듯

　그래 그렇게 그리워하는 것도

　발이 닳을 때까지 걸어가는 것도 좋아서

　나는 지구의 작은 모퉁이에 앉아 적는다.

　유월이라 장미는 피었고

　유월이라 꽃무늬 박힌 치마도 있다고

　바깥에 앉아 도시로 떠오르는 해를 보며

　네 생각하기 참 좋은 시간이라고

　유모차에 앉은 아기도 나를 향해 웃어주고

휠체어를 타고 산책 나온 노인도

나에게 아침 인사를 건네는 상냥한 시간 속에

나, 있다고.

웃어주렴, 이 편지를 받으면

그리고 만일 네게로 저녁이 오고 있다면

그럴듯한 주점에 앉아 내게도 잔을 한번 권해주렴.

부재를 위해 드는 잔만큼 넘실거리는 잔은 없다고

가만히 생각하면서.

2011년 6월 5일

─호텔의 새벽. 여기는 프랑크푸르트 탄누스. 간단하게 세수를 한 뒤 산책을 한다. 텅 빈 거리. 여행자만 서 있다. 당신을 잃어버리는 시간이 늘면 늘수록 나는 덥고 땀이 난다. 이 찬란한 새벽에 더운 날개를 가져서 새들은 저렇게 헐겁게 날아간다. 모든 신호등은 붉은색이다. 처음부터 잃어버릴 걸

알았다. 그리고 잃어버렸고 잃어버린 그 자리에 나는 혼자
서 있다. 지나간다, 고 내 왼쪽 가슴이 말하면 소용없다, 고
내 오른쪽 가슴은 대답한다. 내 여행자의 가슴에 별이 솟아
오르면 나는 그 별을 들여다보리라. "여행자라는 정체성을
분명하게 해주는 건 낯선 여관의 침묵하는 사물들이다." 가
방을 메고 거리로 나설 때 실종의 위험을 무릅쓰고 오지로
들어갈 때 내 유언장은 가방 안에 들어 있고 나의 반쪽은 하
늘에 떠 있다. 네가 그걸 알아보면 좋겠지만…… 그렇지 않
다고 하더라도 이 삶을 바꿀 수는 없을 것이다.

2011년 7월 3일

─삼엄한 경계다. 아직 다가가지 못한 그리움이 만들어놓은
경계. 안도 아니고 바깥도 아닌 곳에서 검은 구름이 밀려온
다. 도 닦듯이 발터 벤야민을 읽는다. 검은 시대. 그가 꾼 꿈
가운데 하나를 생각한다. 사랑은 자연의 폭력이다…… 사랑
의 치명적인 반성 치명적인 사랑의 반성……

─가짓빛 원피스를 입은 여자가 기차 건널목에 서 있다. 가짓빛 옷이 가을로 넘어가려던 시간을 붙잡는다. 계절이 다른 계절로 넘어가는 게 쉬운 일인 줄 아느냐고 가짓빛 옷은 말한다. 땀방울도 말한다.

─장독은 말이 없었지만 불운한 시간은 말을 낳았네. 장독의 가장자리까지 차 있던 불운을 물고 날아갔던 새들이 아주 오래전에 울었던 울음을 다시 울 때 적막한 가을 저녁 속의 장독은 물 없는 우물이 되어간다. 아무것도 비추지 않는 얼어붙은 거울의 표면이 되어간다.

2011년 7월 4일

─다시 발터 벤야민을 읽는다. 그의 박사학위 논문이다. 제목은 Der Begriff der Kunstkritik in der deutschen Romantik.

—이 무시무시한 추위…… 이 무시무시한 고요…… 이 무시무시한 어둠…… 이 무시무시한 적막…… 이 무시무시한 사랑…… 이 무시무시한 미움…… 이 무심히 흐르는 모든 것들, 세월, 강물, 구름, 그런 것들. 헐거운 옷장 문을 닫으며 외출을 하러 나가는 구름 같은 세월.

—아침 산책에서 만날 수 있는 건 상냥한 구름일까, 고독에게 뺨을 때려주는 고약한 새소리일까, 아니면 또 그 생계라는 말일까. 쇠약해진 혀가 가슴으로 들어와서 겨우 잠을 청한다.

—백양목의 손들은 하늘을 향해 있다. 푸른빛이 남빛으로 넘어간 들판의 가장자리에 줄을 짓고 서 있는 나무들은 단 한가지만을 가르쳐준다. 간결한 길만이 갈 수 있는 길이다. 대지에는 다만 나무의 제국만이 있을 것이다. 더 끈질기게 삶을 역사를 움켜잡고 나무들이 이 대지를 정복하는 날, 우리는 아주 먼 옛날처럼 굴속으로 들어가서 나무의 뿌리가 우리

의 눈 속으로 들어와서 우리의 영혼을 움켜잡지 말기만을 빌어보는 거지.

―나라는 절대적인 빛이 이 세계에서 아직도 죽지 않고 저 아름다운 음악을 듣는 귀를 가졌는데 왜 우니? 시리아에는 내가 방문한 도시들이 있다. 부산에도 내가 다녀본 거리가 있다. 그래서 우니? 그곳에서 누군가가 또 살해당하는구나. 누구는 지하에서 누구는 포클레인에서. 왜 우니? 나의 불륜하는 마음을 잘라버리려고 하는 저 정치적 폭압이 그렇게 아프니?

2011년 7월 6일

―아무 생각 없이 오전을 보낸다. 어제는 도시를 산책했고 오늘은 시골에 숨었다. 당신이 자꾸 자라난다. 나무 그늘 아래에서 누군가가 오래전에 잊힌 노래를 부른다 싶어서 그곳에 가보니 정말 기타가 있었고 거리의 악사가 노래를 하고

있었다. 내 기타를 그 악사에게 보내고…… 새와 눈이 마주쳐본 적이 있는가, 다만 아주 짧게. 나는 전율한다.

—안 되는 일은 안 되는 것이다. 아직 길이 나지 않았는데 길이 난 척하고 있는 것도 이상하다.

—자꾸 타인들에게 상처를 받는다. 상처를 받아도 이렇게 쉽게 받다니…… 문단에 나와서 시를 쓰고 살면서 이런저런 말들을 듣기도 했지만 이렇게 상처를 쉽게 받는 건 참…… 나이가 들어서인가?

—왜 자꾸 신전, 태양, 기둥이라는 말들을 생각하는가? 공사장, 공중 정원 등등. 삼십 년 전에 지어진 오층 콘크리트 건물을 포클레인에 매달린 쇳덩이가 때리고 있다. 먼지가 일어나고.

—나무 위에 집을 짓는 새들은 공중 정원을 가진다. 하늘이

라는 지붕을 가진 작은 나뭇가지로 만든 집. 노란 부리를 가진 새들이 여름 내내 정원과 집들을 들락거렸다. 새들이 떠나고 남은 것은 공중 정원과 집뿐. 문 없는 집뿐. 태아 행성 자라지 않는 별들, 죽음과 가까이 있는 것이다. 팽창하는 것들과 집을 허물자 먼지가 풀썩 나더니 오늘은 완전히 언어가 나에게 갇힌 날……

―화성. 너는 태아인 상태로 머물러버린 별. 너는 태양계에서 쫓겨나지도 않았다. 지구가 형성될 때 너는 이미 자람을 멈춘 태아. 너는 죽음을 무서워하지 않았고 너는 아무것도 아님 속으로 들어가는 것을 두려워하지 않았다. 너는 집중의 묘미를 몰랐고 불운의 강력함만 믿었다. 너는 태아인 채로 하늘에 떠 있다. 너는 태아이며 태아이지만 너보다 늦게 형성된 모든 별보다 늙었다. 운석 상태에서 지치지도 않았다. 돼지의 장기를 이식받은 인간의 미래를 두려워하지도 않았다. 미래에 올 모든 약속들을 검은 우주 홀에 종이처럼 구겨 집어넣으며 너는 탯줄도 없이 우주에 떠 있다.

—날아가는 새가 날아감에 질 때 이 싸움에서 지면 죽을 수밖에 없다. 이 고통은 여행중에 생긴 사고 같은 것이다. 만일 이 고통이 사고처럼 지나가지 않으면 나는 길 위에서 죽을 것이다. 이건 사랑의 문제도 아니고 실존의 문제도 아니다. 다만 바이러스의 문제다. 감염된 것이다. 즉 우연이다. 모든 감염자들이 우연으로 감염의 길로 들어서고 병실에서 시간을 보내며 낫더라도 후유증에 시달리거나 아니면 병원에서 시체가 되어 묘지로 가는 것처럼, 맹세할 허가 없더라도 맹세해야 한다. 이 고독이라는 잠에서 빠져나와 다시 지나가는 사물과 경치를 보아야 한다.

—이 지구 어디에 묘지가 아닌 곳이 어디 있으랴. 모든 일상의 삶터는 묘지이다. 사막이 우리의 일상이고 열대림이 광야가 대도시가 태양계가 우주가 우리의 일상인 것처럼. 팽창하는 모든 것은 새로운 우주를 만들어낸다. 고립된 인간은 팽창을 거듭한다.

―벤야민은 꿈을 꾼다. 그 꿈속에 아주 늙은 괴테가 등장한다. 괴테는 작은 작업실에 앉아서 글을 쓰고 있다. 그 방은 괴테가 실제로 사용했던 바이마르에 있는 그 방이 아니었다. 벤야민은 그를 방해하지 않으려고 살며시 그의 옆에 선다. 괴테가 누군가 옆에 있는 걸 눈치채고 고개를 든다. 그리고 그는 벤야민에게 말한다. 옆방으로 가자고. 벤야민이 괴테와 함께 옆방으로 가자 그 방안에는 긴 탁자가 놓여 있었고 탁자 위에는 손님을 준비하는 양 접시와 술잔, 포크와 칼이 준비되어 있었다. 당신과 당신의 가족, 친척을 위한 겁니다. 그런데 그 탁자 위에 준비된 접시 수를 보니 벤야민의 가족과 친척들의 숫자보다 많았다. 괴테는 그의 동시대 가족뿐 아니라 그의 조상까지 초대한 것이다.

―스페인 팜플로나에서 매해 열리는 성페르미누스 축제. 투우 대회. 그냥 투우 대회가 아니라 소들을 좁은 골목에 몰아넣고 사람들이 그 뒤를 쫓는 경기이다. 그 경기중에 죽어나가는 사람들도 부지기수인데 매년 그 행사는 열린다. 경기

가 끝나고 난 뒤 소들은 살해된다. 소들의 안개 자욱한 울음소리가 들리는 듯하다. 사람들의 행태를 사유하는 데 좋은 예. 사람들은 달린다. 소들도 달린다.

2011년 7월 8일

—어떤 언어들이 마음속에서 나올 길을 찾지 못하고 울고 있다. 심각한 병을 앓고 있는 것이다. 이 언어들이 나올 길을 열어주어야 한다. 어떻게? 쓰면 풀릴 것이다. 어떻게? 돌아다니지 않으면 풀릴 것이다.

—검은 동상이 나무 그늘 밑에 서 있는 것을 보았는데 내 마음속에 무엇인가가 쑥쑥 자라나고 있다. 여름 나무의 그늘이 커지는 것처럼 무언가가 커지고 있는데 그것이 무언지 잘 모르겠다. 영악한 혀가 말을 하느라 우둔한 손이, 글을 쓰는 걸 잊어버렸을까? 어떤 형식이 뛰쳐나오지 못하고 내 속에 숨어 있다. 나와라, 나와라, 형식이여. 도대체 무엇 때문에

저렇게 오래 꽁꽁 숨어 있는가?

2011년 7월 23일

—모래는 아주 오래전부터 내 속에 있었다. 떠나는 것은 떠나는 순간에 대한 사유일 수도 있겠다.

—언어가 달라져야 하는데 달라지지는 않고 그냥 아프다. 언어에는 언어의 입이 있다. 언어에는 언어의 눈이 있다. 먼 하늘.

—당신의 가장 아름다운 곳으로 들어가 꽃 한 송이 따서 온 가을, 불빛이 꺼져 있는 창가에 서서 당신을 들여다보았다. 길을 허락해준 빛에게 감사하며 웃었다.

2011년 7월 25일

─온통 붉은 나무들. 잊힌 집. 새소리가 지나간 곳마다 나뭇잎은 붉어지고 강에 업혀가던 물안개가 흩어집니다. 말을 잃은 장소에서 들리는 것은 새소리뿐. 나의 가득한 아침.

2011년 7월 30일

─나는 포르투갈어를 쓰는 것이 아니다. 나는 나를 쓴다. (페소아)

2011년 8월 3일

─당신이여, 이 시간에 나는 나직한 휘파람을 분다. 어린 사랑의 시간에 빨리 나이가 들지 않기를 나는 바랐다. 그래서 휘파람이다. 이 명랑한 악기는 나와 당신의 상처를 치료하기 위해 우리 속에 든 새들이 발명한 악기다. 당신이여, 그대의 손이 독약 같았던 세월도 있었다고 이제 고백해야겠다.

그 손을 잡았던 시간들이 내 시간의 가장자리에 내려앉아 결국 나에게 지난한 병의 얼굴을 보여주었다고도 말하고 싶다. 그러나 아직 우리의 길이 저 수많은 전쟁을 본다. 어제 당신을 죽인 군인이 오늘 당신이 자주 들르는 카페에서 콜롬비아산 혹은 나미비아산 커피를 마실 때 당신이여, 나는 내가 가진 모든 뼈의 먼지까지 당신에게 주어서 당신이 나에게 미소 짓기를 바라겠다. 그 미소, 멋졌으면 좋겠다. 우리 몸을 탐했으나 결국 우리의 몸은 우리의 정신이었음을 짧게 새겨놓은 그 미소. 당신, 사랑하는 모든 구름의 내면에서 변화하는 슬픔이 당신을 누른다. 그것이 당신의 전언이었다. 당신의 편지였고 불화하는 불빛이었고 울음이었고 결국 아주 작은 아주 가녀린 이름 모를 이국의 풀밭에 이제 당신 이름만이 있다.

─창밖으로 보이는 풍경 속에서 나를 따라온 그 누군가를 보는 것은 깊은 심리층이 바깥으로 나와 가시화되는 것이다.

─광물에 대한 이해, 뼈에 대한 이해, 물에 대한 이해, 불과

공기, 또한 외국에 대한, 그리고 철과 포클레인과 그 안에 사는 한 여자에 대한 이해, 공중이 집인 그 많은 별과 땅속에만 머리를 가진 나무들과 혀를 언제나 바람 속에 두었던 어떤 영혼에 대한 이해, 이게 사랑인지 사랑 가운데 우연히 익고 있는 술에 대한 이해인지.

—나는 당신이라는 중심을 떠나고 싶은 것이다. 중심의 바깥을 나는 겨우겨우 유지하고 싶은 것이다. 그곳에 내가 있고 내가 그곳에서 간음을 하든 혁명을 하든 저 너머 티브이의 광고처럼 당신은 날 간섭할 권리가 없다. 나는 인류가 멸망하고 이 자연계가 다시 얼굴을 바꿀 때 울 것이다.

—그리고 얼굴에 대한 모든 기억은 죽음의 숲에서 기른 새를 닮아가는 것이다. 저녁에 당신, 이라고 부르면 모든 음악이 날 안아주었다. 웃을 때만 세계는 꽉 차올랐다. 햇빛이 있다고 믿었던 곳에 이끼만이 군락지를 이룰 때 손가락이 구부러진 식물들은 발을 모으고 운다.

─목에서 빠져나가지 않는 울음은 이 저녁에 내 목에 갇혀 있다. 내 목은 내 울음의 감옥이다. 내가 나를 달랠 때 초록은 초록의 몸을 버리고 붉은 쪽으로 간다. 사랑하는 사람아, 당신의 울음이 내는 발자국마다 내 생애의 여관이 선다.

2011년 8월 6일

─어제 앙카라에 도착했다. 오후 여섯시 무렵 앙카라는 예년과는 달리 서늘하다는 느낌이 들 정도였다. 공항에서 율루스에 있는 헤티티 호텔로 오는 길은 번잡하지 않았고 교통도 느슨했다. 아, 라마단의 나날이구나. 해가 져서 먹기와 마시기가 가능한 시간이 오기 직전 우리는 도심을 통과하고 있었던 것이다. 호텔에 도착하여 짐을 내려놓고 성으로 올라가 우리가 자주 방문하던 식당으로 갔다. 여전히 작고도 아늑한 그 식당에서 몸집 좋은 주인이 우리를 맞아주었다. 우리가 시킨 음식은 작년과 비교해서 그리 좋지가 않았다.

2011년 8월 10일

—첫 슈니트. 또다시 땅을 파는 일을 시작한다. 바람도, 바위도, 바위를 지나간 세월도 다 이상하다. 그리움도 멀리 있다. 아니 그리움도 다 숨어버린 것 같다. 하늘을 나는 넓은 수리의 날개. 가시풀꽃을 바삐 돌아다니는 벌들의 움직임. 누운 바위 위로 쏟아지는 햇살. 피곤한데 감각은 다 깨어 있는 상태. 내일 일에 대해서 생각을 해보면 가슴이 미어지는 상태. 누군가 어떤 특정인을 생각하는 것도 덧없다 싶은 상태. 이런 상태를 아마도 피곤한 일 끝의 사나움이라고 불러야 할 것 같다.

—딱딱한 푸른 사과들, 푸른 낙과들. 어지러운 하늘.

2011년 8월 11일

—오늘 내가 본 것은 무엇이었는가? 나비였다. 빛에 팔랑거리는 그 무엇이었다. 네가 자꾸 내 속의 가장 깊은 곳으로 들

어가서 숨는다. 이 빛 속에 네가 바랠까 겁난다. 그렇게 될 것이다. 그래야 한다 싶은 마음은 어느 도시의 골목을 젖은 머리칼을 하고 지나가는 비바람 같다. 빛이 많은 이곳에서 견딜 수 없는 시간까지 살아야 한다는 것이 곤욕스럽다.

2011년 8월 12일

─새벽에 그렇게 비가 내렸다. 폐허 도시에 내리는 소나기는 마치 대홍수를 연상시켰다. 천둥과 번개가 치고 주위는 어둡고 비에 갇혀서 어떤 새도 울지 않았다. 비가 철조망 같았던 것이다.

─내가 언제나 멀리 있다는 것을 알게 될 때 나는 다시 떠나는 것이다.

─초룸 경찰서. 입국 신고를 하려고 하는데 너무나 많은 사람이 기다리고 있었다. 이라크, 그리고 무엇보다도 올해는

시리아에서 온 난민들. 미래에 대한 불안으로 경찰서는 꽉
찼다.

—발굴 첫날, 일 년 동안의 비바람이 망가지게 한 프로필 청
소를 하면서 하늘과 바위를 날아오르는 독수리 둘을 지켜보
다가 벌들이 꿀을 모으는 것을 보다가 내일 일을 생각한다.
내일은 측량의 날, 당신의 위치를 정하는 날이다.

—비 오는 발굴 숙소. 전기도 나가고 바깥에는 비 오는 소리
만. 책만 겨우 읽을 수 있다. 잡담도 싫고 시간은 뭉쳐진 실
타래처럼 엉켜 있다.

—국가는 있는데 고향은 없는 상태.

—가을 같은 여름 속에 있다. 바람도 가을 같고 빛도 가을 같
다. 당신도 가을 같다. 곧 가을의 살갗 같은 생각도 올 것 같
다. 그때 당신도 가을의 빛처럼 하얗게 사위었으면 한다. 그

때 빛은 나에게 얼마나 빛 같을까.

─피곤이 온몸에 병처럼 번진다. 또 길을 떠나 가을이 깊어지면 돌아올 것이다. 아직 치우지 못한 책들은 돌아오면 치울 것이다. 예술에 대한 전방위 체제에 대한 열망이 신기루를 향한 열망임을 시간은 가르쳐줄 것이다.

─곧 떠난다, 여름 속으로. 돌아오면 가을은 깊어져 있을 것이다. 그때쯤 당신도 조금은 저만치 있었으면 한다. 그때 나는 노인이 된 당신의 손을 잡고 오래 눈 내리는 겨울의 얼굴을 바라볼 것이다.

─마지막까지 가을은 나를 쫓아와서 나의 빛을 켜둘 것이다. 당신의 빛도 이만큼 와서 저문 가을에 내 빛의 울음을 들었으면 한다. 나의 소망은 그것이었는지 컹컹 개가 짖을 때 당신이 이렇게 가까이 다가와서 내 어깨를 잡아준다. 그리고 드디어 빛은 사그라지고 울음만이 당신의 눈가에 고이는 바

람이 될 때 드디어 가을은 당신 속으로 사라진다.

―결국 모든 결정은 시간이 할 것이다. 시간은 신이다. 신이 사라진 것이 아니라 시간이 언제나 유일신이었다.

2011년 8월 14일

―너를 생각하는 것이 피할 수 없는가에 대해 낙과로 가득한 사과나무 아래에서 생각했다. 저 어리고도 푸른 과일들이 땅에 뒹구는 것은 무엇 때문인가. 익지도 않는 것들이 젖은 땅 위에서 썩어가고 있는 비 오는 여름이었다.

2011년 8월 15일

―그 비 오는 여름에 바위들은 무슨 말이 하고 싶었을까? 바위로 만든 신전은 그 빗속에서 무슨 말을 하고 싶었을까? 광물질인 바위에다 자신의 영혼을 나누어주었던 독수리는, 제

비는, 무슨 말을 하고 싶었을까? 흙은, 이제 막 우리가 깨워 냈던 흙들은 자신의 가슴에 묻어둔 토기를 드러내며 무슨 말을 하고 싶었을까?

—책들은 발굴 숙소의 책꽂이에 꽂혀 있고 별들은 하늘의 서재에 가득찬 책장을 넘긴다. 벌들은 꿀을 모으는 것이 아니라 꼭 꽃의 잠을 모으는 것 같다.

—터키식 차를 끓이는 아침. 오늘은 휴일이라 모두 늦잠을 잔다. 몇몇은 초룸에 있는 경찰서로 가서 입국 신고를 해야 하고 몇몇은 게으른 잠을 자다가 일어나 늦은 아침을 먹고 폐허 도시의 바위로 개울로 산책을 갈 것이다. 거위들은 나귀들은 배낭을 메고 폐허를 찾아오던 사람들은 이미 그곳에 도착했을까? 네헤미는 스캔을 하기 위해 이미 아르바이트 찜머에 앉아서 어지럽게 늘어져 있는 케이블을 치우고 있다. 햇살은 오늘 매우 뜨거울 것이다. 달걀프라이를 해서 아침에 먹는 것과 인생에 대해서 이야기를 오래 하던 어떤 사람

생각도 난다. 오이와 파프리카와 토마토가 익어가는 작은 발굴 숙소의 텃밭에 내린 아침햇살을 오래 바라보다가 차를 마시는 아침.

—문학에 대한 절박함은 예술에 대한 절박함인지 말에 대한 절박함인지를 묻는다.

—다만 삶에 대한 절박함인데 그 절박함을 인식하는 주체가 말을 통해서만 자신을 형성했다고 착각을 하는 동안 언어 예술의 긴장은 유지된다. 거의 죽음에 맞먹는 긴장 속에서 생겨난 말과 리듬만이 남고 한 인간이 죽음으로 들어갈 때.

—혼자서 스스로에게 말을 걸며 말을 주고받는 행위 역시 대화에 속한다. 모국어로 말하지 못하는 순간들이 늘어나면 날수록 나는 내 속에 수많은 타인을 만들어낸다. 이 세상의 많은 좋은 시는 완벽한 모놀로그를 다이알로그로 만들 때 탄생한다고 나는 믿는다. 그 믿음이 없다면 내가 쓸 수 있는 시는

이 지상에 존재하지 않을 것이다.

—어제저녁에 보았던 노을. 바슈켄트의 테라스에 앉아서 맥주를 마신다. 노을이 지나가고 폐허 도시에 웅장하게 서 있는 뷔워카야 쪽으로 보름달이 떠오를 때 그 달의 크기와 밝기도 놀랍지만 달을 바라보는 마음도 놀랍다. 인간이 달을 바라보는 마음을 가진 것은 고대를 거슬러 올라가 인간이라는 종의 탄생 시기부터 되풀이되어온 일인 것이다. 달을 바라보며 마음에 한 로맨스가 들어서는 것은 인간의 어떤 행태에서 비롯한 것일까?

—한 시인의 탄생은 데뷔에서 비롯되지 않는다. 그가 일찍 죽거나 일찍 시를 포기하지 않는 이상 전 일생을 통틀어 시인은 탄생을 거듭한다. 시인은 매 시기마다 자신의 탄생을 경험한다. 그 도저한 탄생의 고통이 시인의 탄생이다. 결국 첫 탄생에서 거듭 반복되는 불규칙한 탄생이 시인의 고통의 질을 완성하게 한다.

―모든 구석에서 모든 광장에서 모든 모서리에서 고통은 오고 가고 숨어 있다.

―넝쿨이 스스로 넝쿨의 길을 찾아가는 것은 자연에서 일어나는 일이다. 넝쿨의 길을 찾아주는 것은 문화에 속하는 일이다. 내가 너를 안고 있는 순간은 늙은 포도나무가 제 넝쿨을 드리우기 위해 너를 찾아가는 것이다. 더이상 포도가 열리지 않는 늙은 포도나무를 장작으로 만들어 난로에 넣었더니 사위어가는 불 속에서 마지막 포도들이 열렸고 그 포도는 아무도 먹을 수 없었다. Ungenießbar의 세계. 그것이 마지막의 언어들이다. 이것은 아방가르드의 세계다. 아방가르드는 전위에 서 있는 자가 아니라 모든 것의 마지막을 거두는 자들이다.

―모래의 향기. 어느 날 모래사장에서 반나절을 보냈던 어린 모래의 시간. 그 시간을 되돌아보니 모래의 향기가 시간 속을 흐르네.

—빛은 저녁을 오랫동안 떠나고 싶어하지 않았다. 그래서 오래 머물렀다.

—나의 몸은 나의 과거이다. 나에게 남겨진 그 많은 것이 내 몸의 상처를 이룬다. 내 몸은 내 과거이고 내 현재를 재현한다.

—비가 오려는지 하늘에는 검은 구름이 꽉 차 있다. 사과나무 아래에서 아직은 푸르고 작은 열매들을 보면서 떨어지는 모든 것은 무거움과는 아무 상관이 없다는 생각을 한다.

—이를테면 빙하기의 고독을 알아버린 인간. 그러나 빙하기 동안 자연은 그 시간을 고독으로 여기지 않았다.

—저녁이 오면 뼈까지 스며드는 느낌이 있다. 그 느낌의 정체가 무엇인지 나는 모른다. 낮과 밤의 경계에 놓인 저녁은 밤이 불러오는 모든 것을 환기시키는 경계이다. 그 경계에서서 밤이 오는 것을 바라보는 한 인간에게 이 시간은 자신

과 대상의 관계가 절실해지는 것이다. 그것이 모든 것을 환기한다.

—바위 계곡에서 일어난 물의 향기는 멀리 가지 못하고 계곡 근처에서만 머물렀다. 향기는 너무나 미미했다. 바위의 시간은 물의 시간과는 다르게 태양과 관계한다. 물과 바위는 다른 물질로 이루어져 있기 때문에 그런 것만은 아니다. 그들의 물질성은 그들 시간의 성격을 규정한다.

—바위와 나는 아무런 관계가 없다고 믿는 순간에도 나는 바위와 관계를 맺는 것이다.

2011년 8월 17일

—위로받는 순간을 경험한 인간들에게 위로는 정말 약이다.

—바위와 곤충과 햇빛과 시간이 고여 있는 바위 사이에서 논

다. 서서히 지워져가는 그리운 그 무엇이 있는가? 저녁 식사를 기다리는 시간에 지는 햇빛은 나뭇잎 사이로 반짝거린다. 도저하게 고여 있는 마음속 그것들은 꼼짝을 하지 않고 고여 있다.

2011년 8월 16일

─강력한 해. 해를 기다린다. 손끝이 다 시린 발굴장의 새벽. 좀처럼 해는 나오지 않고 큰 바위의 하늘빛은 아직 어둡다. 온몸에 소름이 돋고 뼛속까지 시린데 바람이 배를 스치고 지나가고 감기가 수다스러운 친구처럼 목에 감긴다. 해보다 먼저 도착한 건 한기.

─해가 나오자마자 그렇게 덥다. 입고 있던 옷을 하나씩 둘씩 벗는다. 모자를 쓰고 햇빛을 피한다. 입고 있던 긴팔 소매를 내린다. 그렇게 빛이 살갗에 바로 닿는 것을 피한다. 입고 있던 목도리를 더욱 목 가까이로 조인다. 다 빛을 피하기 위

해서이다. 도판을 작성하려 연필을 들고 있던 손등이 빨개진다. 빛이 직접 닿는 것을 피할 수 없는 몸의 한 자리. 빛은 살갗을 뚫고 들어온다. 그래서 손은 아프다. 그래서 내 손을 잡고 있던 너의 손도 아프다. 도판 작성, 측량, 다시 작성. 괭이를 내려치는 손목. 삽질. 들것에 흙이 실려나갈 때 새로 햇빛으로 드러난 흙은 오랜 시간의 물기를 내보낸다. 후끈하다. 큰 사원으로 해가 사납게 비춘다. 바위와 돌들로 이루어진 사원에는 햇빛만 들끓는다. 어딘가로 사망신고를 하러 가는 빛 같다.

—이 여름이 지나가고 가을이 깊어질 때 다시 만나게 될 사람들은 지금 어떤 꿈을 꾸고 있을까?

—붉은빛과 잿빛이 머물고 있다, 아주 오래. 그 빛이 내 마음속에 오래 머물 것이다. 전위라는 것이 무엇인지를 나에게 알려다오. 그 빛에 대해서 이름을 줄 사람이 있다면 나에게 와다오. 어디인지 모르겠지만 너는 있을 것이고 네가 모르

는 곳에 나는 있지만 너는 내가 어디에 있는지 알겠지. 저녁을 바라보는 눈이 서늘해지면 해질수록 이 폭력 같은 빛이 무거워질 때.

2011년 8월 22일

—결국 이 매캐한 것들이 우리의 영혼을 둘러쌀 때 우리가 가을이라는 것을 우리 속에 안아들일 때 가을의 가장 미세한 날개에서 스러져가는 빛이 나올 때.

—따뜻한 터키식 차를 자꾸 마시게 되는 휴일의 아침. 추워서 그런가, 아니면 간절한 그 무엇을 애써 달래려고 하는가. 이 가을빛 속에서 생각하니 너는 내가 그리워하는 그 어떤 무엇이 아니라는 것을 깨닫게 될 때까지 도대체 얼마나 많은 시간이 걸려야 하는가. 터키식으로 차를 끓이며 검은 올리브와 붉은 토마토를 상에 올리며 달걀프라이를 하며 잼과 치즈를 냉장고에 꺼내며 새벽 시간을 보낸다. 그리고 컴퓨터

앞에 앉아서 어제 보았던 풍경을 생각한다.

—저렇게 맑고도 깊은 중앙아나톨리아 지방의 오후 가을빛. 1,400미터에 서 있는데, 바람이 그렇게 부는데, 산등성이 반듯한 터 위의 빛 속에 소 세 마리가 서 있다. 중앙아나톨리아 지방에서 사육되는 검고도 누런 소. 그 소들이 한적하게, 갑자기 사위어가는 갈대밭도 없고 그 많은 바위와 돌도 없는 반듯한 곳을 거닐고 있다. 이게 꿈이지 싶다. 이게 보르헤스의 꿈속에 들어온 거지 싶다……

—깎아낸 산등성이의 가슴에 광물질의 빛이 있다. 그 빛들의 화려함에 눈이 시어질 지경. 돌과 돌이 되기 직전의 시간이 빛을 받고 서 있는 이 황홀한 자연 풍광을 무엇이라고 부를 수 있을 것인가.

—보르헤스의 꿈들이 일정한 사유의 도서관을 표현하고 있다면 빛 많은 날의 시. 영혼의 도서관, 영혼의 들판, 영혼의

골목, 영혼의 어지러운 길들, 영혼 속을 흐르는 시간의 무질서함, 영혼이 가진 긴박함, 느슨함, 아프고 아프지도 않은 상태, 죽음으로 가는 것도 아니고 영생으로 가는 것도 아닌 이 게으른 상태, 공중에 떠 있는 과육의 결정이거나 꿈의 발가락이 죽음을 만지는 것과 같은 느낌, 영혼의 팔이 길어서 전 세계의 강물을 안고 있는 상태, 빛 속에 길 잃은 개가 서 있는 모습, 그리고 그 모습 속에 깃든 내 영혼과 개의 영혼이 잠시 겹치는 그 순간 새가 지나가는 동안 차는 달렸고 들판의 갈대들은 은빛을 태양에게서 잠시 빌려 갈빛의 몸에 겹치고 있는 상태 전생의 연인이 지금 내 연인의 전생을 관리하고 있는 것 같은 사랑의 착각.

—지루하게 느껴지는 좋은 교향곡들은 자신의 영혼의 상태를 아주 극도로 천천히 표현하고 있는 것이다.

2011년 8월 23일

─흙과 바위, 빛, 관광객들.

─제도와 바위의 크기 재기. 점점 밝아오는 하늘빛을 바라보기.

─아직은 견딜 수 있는 나날을 살고 있다고 믿는 것.

─어떤 이미지가 이미지로 오지 않고 실상으로 오는 것.

2011년 8월 25일

─시간을 하루에 삼십 분도 내기 힘들다. 발굴지의 나날.

─바람 소리가 짐승의 울음 같을 때 가을 폭풍이 오고 있는 중.

─그리운 대상이 형체 없이 어스름한 뒤안으로 서성일 때 내

가 일생을 통하여 먹었던 자연의 무엇이 내 속에 차 있는 것처럼 아프다. 나는 얼마나 많은 자연의 영혼을 먹고 서러웠던가.

─바람이 몹시 부는 날, 하루종일 바람 속에 서 있는 건 불가능한 사랑 속에 서 있는 것처럼 일생의 감기 속에 든 것 같다. 누군가가 고속도로로 가는, 지옥으로 가는 열쇠를 들고 꽃을 바라본다, 라고 노래하는 것 같다. 알코올 속에 든 건 꽃이 아니라 꽃을 발설하는 혀다.

─결국 자신을 발설하기 위하여 대상을 연구하는 것이다.

2011년 9월 2일

─멜론이 널린 밭. 시든 멜론 잎 밭 가장자리에 서 있는 푸른 나무들, 황금빛 풀들, 반짝거리는 멜론. 이건 꿈인가. 누런 소와 검은 소들이 돌이 많은 누런 풀밭을 거니는 거, 이건 꿈

인가.

—해가 질 무렵의 이 오래된 산천은 아주 오래된 꿈을 반복해서 꿀 준비를 하고 있다. 뛰어가는 아이들과 말, 소, 양, 당나귀, 바위와 입상 들과…… 외로운 왕들은 끔찍함을 모아 꿈을 꾸었다. 노새를 데리고 양들을 몰고 가는 사람, 그의 노새 위에 올려진 양탄자, 양탄자의 문양도 꿈을 꾸고 있다.

—어두워지는 산들은 윤곽을 잃고 어두움 속으로 실종되고 있다. 지금은 그리운 것들이 선을 잃고 가라앉고 있는 듯. 도대체 시간이란 있는 것인가.

—너를 이 가을에 만나면 알게 될까. 얼마나 깊숙한 세월 동안 우리는 서로 붙잡고 있을지 너는 견딜 수 있을지. 나는 견딜 수 있을까. 아나톨리아의 황혼 속에 천천히 양들이 사라질 때 너의 어떤 표정을 생각한다. 생각나지 않는다.

─빛의 시간이 흘렀다. 커다랗게 입을 벌리고 있는 검은 솥 안에서 말을 타고 가던 남자가 울었다. 빛 속에는 아무도 남지 않았다. 뼈만 남은 사랑이 먼지를 뒤집어쓰고 천년의 세월을 사느라 아늑했다.

─석류와 포도가 서로 안고 익고 있는 아디야만이라는 터키의 한 도시에서 고장난 차를 고치기 위해 차 정비소에서 기술자가 오기를 기다린다. 오늘은 터키의 국경일이라 모든 정비소가 문을 닫았는데 기술자는 올까. 포도는 익을까.

─더러운 마을들이 꾸는 꿈. 더러운 슬픔이 꾸는 꿈. 그 밑에 있는 땅이 꾸는 꿈.

─너라는 부재는 꽉 참이다. 그러니 네가 없는 모든 공간은 텅 비어 있고 또한 꽉 차 있다. 무섭다. 이건 사는 것이 아니다. 죽은 것도 아니다. 인식의 공간은 그래서 공포이다.

―검은 솥, 햇빛, 죽은 독재자, 오래된 박물관, 호수, 짠물의 푸른빛, 부드러운 돌, 오래된 노래를, 그만둔 신들, 놀라움은 고요 안에 앉아서 텅 비어 있다.

―해가 지는 동안의 빛, 해가 말리는 그림자들, 검은 소들이 천천히 걸어갈 때.

2011년 9월 5일

―열다섯 명을 위하여 터키식 차를 끓일 때는 약간의 인내가 필요하다. 물을 붓고 이십 분에서 이십오 분가량 차가 충분히 우러나기를 기다린다. 새벽에 끓인 차를 가지고 발굴장으로 간다. 차를 마시면서 입을 가득 열고 빛 속에 서 있는 거대한 항아리를 본다. 그 안에 들어 있는 폐허의 시간들은 시간이 아니라 흙이라는 가장 구체적인 물질로 형상화되어 있다.

—돌을 쪼개는 작업을 하는 남자들의 근육이 햇살에 피곤하다. 그들도 저렇게 작업을 했으리. 철이 고급 재질이던 시절 청동기로 작업을 하던 사람들.

2011년 9월 7일

—만일 당신이 지금 그리운 것을 생각하고 있다면 그건 나는 아닐 것이다. 이렇게 하얗게 비워지는 빛 속에서 그걸 알겠다. 어쩌면 내 그리움을 푸른 호수가 있던 더러운 도시에 두고 와서 그럴지도 모르겠다. 그곳에서의 시간은 너무나 뒤죽박죽이어서 내 뒤죽박죽인 시간도 그곳에 두었다. 누가 누구를 그리워한다는 것도 어쩌면 너무나 허망한 일. 재미있는 모든 인연은 울기를 멈추고 아주 적막한 춤을 추는 것이다.

2011년 9월 12일

—흰 치즈가 누렇게 말라가는 냉장고 문을 열면서 어쩌면 차

갑게 저장된 내 속에 든 많은 것이 저렇게 누렇게 말라가고 있을지 모른다는 생각을 한다. 그러나 그렇게 모서리부터 말라가는 치즈의 표면에 내려앉는 그림자는 새 문장을 기다리고 있는 어린 생각이 이미 늙어가고 있다는 생각을 하게 만든다.

—추석에는 무엇을 했던가. 추석에는 무엇을 하면서 지루한 시간을 보냈던가? 그러나 그 시간 속에 있던 다리가 가녀린 소년이 고기전을 훔쳐먹다가 구석에 쪼그리고 앉아 우는 모습이 생각난다. 아직 저녁이 오지 않은 오후의 깊은 골짜기에 앉아 있던 책 같다.

—아주 귀한 커피를 마신다. 터키식 커피를 좋아하지 않아서 필터로 내린 커피만을 좋아하는 나는 아주 오랫동안 이곳에서 커피를 마시지 않았다.

—발굴의 지루함은 예술의 지루함과 상통한다. 결국 아무것

도 파기할 수 없이 삶은 지나갈 것이다. 어둠 속에서 반짝이는 것을 볼 때 그 경이로움이 지나간 자리에는 얼굴 없는 이미지만 남는다. 아직 아무것도 시작되지 않았는데 마음은 급해지고 어둠 속에 시간은 붙잡혀 있어서 나는 숨막힌다. 다시 대륙에서 대륙으로 날아가야만 하는데 급한 마음은 빙하기로 가득차 있다.

—불편한 의자에 오래 앉아 있으면 망가지는 건 허리만이 아니다. 더 망가지는 건 뭘까? 더 있다는 느낌은 있는데 그게 구체적으로 무엇인지는 모르겠다.

—한가위다. 먼 나라의 빛 속에서 명절을 맞고 보낸다. 아직 아무것도 생각나지 않는다. 십일월에 한국으로 가면 도대체 무엇을 할 수 있을까. 우거진 숲속에서 길을 잃고 있는 느낌으로 지낼 모양이다.

—시들어가는 꽃 속에 빛은 꽃을 다려준다. 빛이 다리미가

되어 다려주는 것들은 다림질 속에서 아득해진다.

─글쎄…… 무엇이 우리를 만나게 할 수 있을까. 철새 같은 마음으로 간밤 해안에서 마셨던 술은 아침에 길을 나섰는데도 생각이 나지 않는다. 그러나 우리의 얼굴에는 거침없는 달이 뜰 것이다. 너를 기다리는 것도 허망한 시간 속에 철새가 되어 날아간다.

─철새가 되어 마음이 편지를 쓰는 저녁이 되었네. 길을 나서기에는 조금 어둡지만 너에게 기대기에는 너무나 밝아서 아직 시들지 않은 꽃들을 바라보는데 세계의 골목에서 들리는 어디론가 떠나는 자가 트렁크를 여는 소리, 칫솔과 로션을 챙기는 소리, 이 발굴지에 들고 온 선크림은 비었고 돌들은 구덩이에 갇혔네.

─철새가 되어 살아보지 않을래. 비가 오는 날은 비 맞으며 대륙을 이동하는 철새로 눈 오는 날은 눈을 맞으며 하루만의

안부를 묻는 혀가 되어.

—아직은 돌아오지 않은 사람을 위하여 그 이름을 불러보면 아프다. 그도 멀리서 제 이름을 부르면 아플까? 제 이름을 부르며 열매들은 땅으로 떨어졌고 지난번 사고로 팔을 잃은 남자는 묘지에서 일을 했다. 팔을 잃어버리고도 안아줄 것이 있다면 흙이다. 흙은 인간의 팔이 해주는 포옹을 기억하지 않는다. 묘지에도 인간과 흙을 가로막는 관이 있다. 나무 관이라면 사라질 것이나 시간을 견디는 힘이 강한 물질로 만들어진 관에 네가 누워 있다면 네 살이 흙이 되지 않는 한 흙과의 재회를 너는 하지 못할 것이다.

—해 질 무렵 묘지에서 일하는 팔 없는 남자가 누군가의 이름을 부르는 것을 들었다. 나는 그 이름이 산 자의 것인지 죽은 자의 것인지 모른다. 남자의 목소리가 거의 죽음에 임박한 짐승 소리와 같다는 생각을 하는 순간 그 이름의 주인공은 아직 살아 있다는 것을 알게 된다. 아직 포기하지 못한 인

생의 목소리는 짐승의 음성을 닮아 있다. 저 허전한 통곡은 인간의 문명 속에서는 이미 사라진 것이다.

—나무 관에 박혀 있던 못을 발견하다. 나무는 사라지고 관에 박힌 못만 남았다. 그는 누구인지 나는 모르는데 그의 관에 박혔던 못만 안다.

—이곳은 무덤터였다. 내 이전에 이곳을 발견했던 사람들은 그 무덤 속에서 아직도 누워 있던 해골을 발견해서 스케치를 했다. 나는 못만 발견한다. 관에 있던 못. 무덤터 밑에는 다시 담장이 서 있다. 그 담장 밑으로는……

—바위가 꾸는 꿈을 우리는 해독하지 못한다. 바위의 언어를 우리는 해독하지 못한다. 그렇다고 바위와 우리와의 관계는 없는 것일까? 그렇지 않다. 그것이 바위와 우리가 맺는 관계이다. 바위는 우리와 관계를 맺지 못한다. 우리만 바위와 우리가 관계가 있다고 믿는 것이다.

—저편에서 들려오는 소리들로 마음이 흐리다. 마음속의 안개를 떨칠 길이 없는지 누워서 타진해본다.

—나의 시간 속에서 이제 네가 사라진다. 이해되지 않겠지만 그게 그렇다.

—너는 있나. 그 자리에 능금이 익는 자리에 너는 언제나 없었고 바람은 아주 잊어버린 풀피리 소리를 낸다. 당신, 아직 날 잊지 않았으면 한다. 그럴 수 있는지 묻는다. 그 물음 은빛 풀비처럼.

—사과가 익고 있다. 먼 나라에는 명절이 오고 있다. 이 실감 나지 않는 시간 속 깃든 계절은 가을이고 아직 익지 않는 그림자만이 땅에 붙어 있다.

—낙과에 대해서 이 명절이 깊어가는 저녁에 생각한다. 어쩌다 익기도 전에 땅에 떨어진 것들로 풀밭은 가득하고 아이가

놀다 가버린 나무집에는 늙은 곰 인형이 누워 있다. 즐거운 일도 아주 잊어버릴 계절을 맞이할 것처럼 나무는 아프다. 터키의 저녁은 언제나 갑자기 온다.

(어두운 저편으로 누군가의 목소리가 들린다.)

목소리: 표정이 없다는 건 얼굴이 없다는 뜻일까요?

(갑자기 빛이 비치자 목소리는 사라진다. 사라진 목소리 저편에서 소방수가 나타난다. 세일즈맨의 얼굴은 굳어 있다. 차라리 얼음처럼 굳어 있는 거울의 표면 같다고 해도 되겠다.)

세일즈맨: 여기에는 아무도 없네. 아무도 없는데 뭘 팔려고 여기까지 왔을까?

(세일즈맨의 앞으로 일곱 살가량의 여자아이가 나타난다. 아이의 등뒤에는 비닐로 만든 날개가 있다. 한쪽 날개는 투명하고

한쪽 날개는 검은빛이다. 마치 오리엔트 지방의 스텝 속을 가득 채우던 검은 비닐봉지 같다.)

아이: 뭘 사려고 올 수도 있잖아요?

2011년 9월 26일

—독일로 돌아왔다. 오이의 강력한 가죽은 검푸른색이다. 그 색은 모든 것을 막아낸다. 가지와 호박이 함께 자라는 밭. 사과와 낙과. 망고. 가져보지 못한 이국의 풍경 안에 서 있는 나무 하나.

—오늘은 병원으로 간다. 오늘은 병원으로 가서 나를 치료하는 의사를 만난다. 의사가 나를 위하여 한 말을 기록한다. 나는 아프지 않아요, 다만 빙하기가 왔어요. 아침에 일어나서 빙하기를 맞아요. 이 결핍은 예술에 대한 결핍이 아니라 당신에 대한 거지요. 홀로 있는 시간이 늘어나면 날수록 당신

은 길어지거나 짧아지지요. 가로수가 나를 바라볼 때 내 눈은 가로수의 품안에서 떨지요. 뭘 보라는 거예요?

―별안간 웃고 싶었던 수많은 인생의 시간이 지나간다.

―만일 이국의 병원에서 죽을 날을 기다린다면 나는 무엇을 할까. 어린이 암 병동에 들러 아이들과 함께 소꿉놀이를 하고 싶다. 나와 인연이 어긋난 모든 사람들을 불러들여 말하기를 미안해, 늦게 왔네, 내 피아노가 내 인생을 너무 간섭했어.

―독재자의 발가락에 꼬물거리는 폭력에 대해서, 검문당한 내 지갑에 대해서, 이렇게 다정한 햇살, 나무를 심다가 독재자에게 폭력을 당한 한 연인에 대해서.

―어제 내가 지나온 길에 테러가 있어서 두 명이 죽고 열네 명이 다쳤다. 인근 병원에 피가 모자라서 협곡을 뚫고 누군가가 피 주머니를 들고 왔다. 이거 급한가요? 우주 빅뱅의 입

장에서 본다면…… 아무것도 아니라서 시인의 입장에서 본
다면 아주 급한 거라서 아버지 오늘도 꽃을 잊으셨네요. 저
먼, 두 얼굴이 이루어낸 한 꿈 좀 보세요. 꽃병에는 꽃이 가
득, 과일바구니에는 배, 포도, 자두, 여름 과일들이 철창에 갇
힌 반달처럼 파랗게 웃어요.

2011년 9월 27일

—아무도 오지 않았으나 걱정은 없다. 비행기가 흔들릴 때마
다 나는 두려웠다. 그런데 이번엔 아니었다. 그대로 비행기
가 추락해도 아무 상관이 없을 것 같았다.

—사물의 정연함. 나는 쓸쓸하다. 어떤 말로도 위로를 받을
수 없는 지옥 안에서 랭보를 읽는 것은 아직도 내가 젊다는
것을 뜻하지만 쓸쓸해서 이 세상 귀퉁이에 나 혼자만 남은
듯한 마음은 시인의 마음이 아니라 이기적으로 늙어가는 한
여자의 마음이다.

—아직 돌아오지 못했어요. 잠자는 도시 밑으로 흐르는 쓰레기들을 나는 어쩔 수 없다. 어쩔 수 없는 눈으로 가지게 되는 얼굴을 어쩔 수 없다.

—예언자가 말했다. 당신은 부드러움의 역사를 쓰고 싶은 거요. 시인들 앞에 서 있는 모든 역사는 부드러움의 역사여서 그리고 노을의 역사여서 그리고 말로 건너갈 수 없는 발의 역사여서 사랑을 잃고도 할말은 남아 예언자들은 오래된 성을 아직도 떠돌고 있다.

—그 호텔에는 삼십 년 동안 한 가수가 살고 있다고 했다. 나는 그 가수의 콘서트를 방문해서 그가 사막이나 기차역이나 탄광에서 만들어온 노래를 들었다. 그는 피곤해 보였다. 그는 정치적인 전위였고 음악적인 전위였다. 하지만 그 호텔이 그를 완벽한 전위로 만들었다. 호텔에서 늙어가는 시인처럼 나도 짜디짠 물이라 물고기는 두 종류밖에는 살지 않는다는 거대한 호수를 지나가다가 말했다. 그렇게 살아야지.

이 인생이라는 작고 비좁은 호텔에 사는 시인. 내 방안에는 나는 없고 시인만 산다.

2011년 10월 3일

—간결하고도 힘찬 시. 모든 사물의 엉성함.

2011년 10월 26일

—릴케는 1903년에 어떤 젊은 시인에게 보낸 편지에서 이렇게 썼습니다. "저는 아주 가난해서 저의 책들은 나오자마자 저의 것이 아니랍니다. 저는 저의 책들을 사볼 수조차 없어요." 한 시인의 탄생을 축하하며 박준 시인에게. 저의 거리를 생각합니다. 그리고 시를 생각합니다. 간곡한 모든 것의 아주 징글징글함은 그것으로부터 눈을 떼지 못하게 하는 그 무엇에 있습니다.

2011년 10월 27일

─한 시인의 탄생은 무릇 수학여행을 가지 못한 것으로부터 시작된다. 박준 시집. 꾀병. 인천 반달. 천마총 놀이터(놀이를 놀이이게 하고 겨울을 겨울이게 하는 놀이터에 봄이 와도 너는 돌아오지 않았으니⋯⋯). 시인의 탄생.

2011년 11월 13일

─서울에 온 지 이틀째. 형부와 맛있는 밥을 먹는다. 형부도 늙었다. 이런저런 이야기를 나눈다. 멀리서 바라보던 한강이 십일월 속에 있다. 얼마나 멀리서 그리워하던 강인가. 시차로 거의 잠을 자지 못한 채 여기에 앉아서 텅 빈 머리로 이 글을 쓴다. 나는 사실 한강을 잘 모른다.

─경숙과 용목이 한 보따리 가져다준 먹을 것을 앞에 두고 마음이 서럽다. 냉장고에 가득 채워진 저 맛있는 것들. 저걸 언제 다 먹으며 먹다가 돌아가랴.

2011년 11월 14일

―어제는 혼자서 술을 많이 마셨고 많이 울었다. 한 인간이 한 인간에게 배려랍시고 하는 것이 너무나 서운했나보다. 누구에게도 침범당하지 않았으면 하는 곳을 누군가가 사정없이 들어왔다고 생각한 시간은 술을 마시게도 하고 울게도 했다. 도대체 왜 그렇게 화가 났을까? 이 서울이라는 곳에서 잠시 만나고 다시 혼자가 되고 그리고 뒤척이다가 잠이 드는 거, 참 쓸쓸하다. 그러나 이 십일월의 아침에 감을 만난다. 감이 걸린 늦가을 하늘은 맑고 청랑하다. 뭘 해도 시달리지 않고 마음 편하게 하고 싶다. 이렇게 설레고 떨리는 것이 싫다.

―손님들이 온다니 정말 좋다. 어제 경숙과 용목이 싸가지고 온 많은 것을 풀어서 창에 차린다. 명랑한 자여, 우리의 밤이 무엇이어서 아직 오지 않은 눈을 기다리느냐. 내가 이곳을 다시 떠나갈 때 내 마음속의 어떤 강이 당신을 흘러갈까. 내가 간 자리에 서성일 거야. 얼굴을 숨기고 울 거야. 그렇겠지, 당신은 누구인가.

―시작 메모

—서울에서도 꿩을 볼 수 있는 곳이 있다. 이곳이 연희다. 그놈이 내 방 앞을 서성거렸다.

—뭐가 덜 간절해서 이렇게 멍청한 시들을 썼던가. 이 멍청한 시들, 간절함도 없고 아프지도 않고 그저 그런 것들. 쉴 새 없이 무언가가 들려온다. 물 내리는 소리일까?

—나는 내 나라에 왔는데도 아직 유럽에 있는 것 같다. 된장을 끓이면 내 옆방의 호주 시인이 싫어할 텐데. 냄새가 너무 나면 어쩔까 그러고 있다.

—홍제천변을 산책했다. 르누아르와 모네의 그림이 그곳에 있었다. 참 기이했다. 홍제천변과 프랑스 인상파들은 어떤 상관이 있는 걸까?

—순대 일 인분을 사 가지고 들어와서 먹었다.

—물소리를 듣는 시간에 나는 우는 짐승으로 웅크리며 모든 먹은 것을 추억한다.

2011년 11월 15일

—그래, 나는 바보이고 아무것도 아니다. 그런가? 그럴 것이다. 나는 바보다. 아직 바보라서 교정 원고를 앞에 두고 쩔쩔맨다. 이따위를 세상에 보내고 싶은가?

—모든 서정적인 언어를 거부하는 이 무시무시한 힘은 무엇이었을까? 전쟁 때문에? 전쟁이 끝나고 한참 지난 뒤 다시 서정이 필요한 시기를 우리는 체험한다. 무섭다. 이 순환 속에 언어는, 다시 말해서 내가 쓰는 언어는 얼마나 시간적인 유효성을 가지고 있나?

—누군가가 자꾸 내 생애에 참여하는 것은 내가 허락을 했기 때문이다. 나 때문이다. 나라는 한 사람이 단독자로 살아가

는 것을 내가 방해한다. 그뿐이다.

―꿈은 내 속에서 일어나는 일들을 보지 못하는 나라는 한 사람이 세워놓은 내면의 극장이다. 오늘 아침, 저 새들이 지 저귀었다. 그 소리들이 내 내면으로 들어와 앉는다. 어느 날 그 소리가 꿈에서 나온다. 자, 어떻게 그 꿈은 무대에 올려질 것인가.

―햇빛 속에서 보았던 수많은 사물은 내 꿈속에서 어떤 역할 을 할 것인가? 비는? 폭풍은? 그리고 그뒤의 언어는? 어떤 언 어를 포기할 것인가? 이것이 다음 시집의 관건이다. 나는 파 스나 네루다 같은 뜨거운 유화를 그리고 싶었다. 그런데 나 는 그들이 아니다. 내 유화는 조금 더 동양화의 가벼움, 그 가 벼운 것들이 전달하는 은은한 무엇인가로 가야 한다. 은은 하지만 뜨거운 그 무엇. 선연하지만 뜨거운 그 무엇. 모든 것 을 다 안아버리다가 그냥 놓아버리는 그 무엇. 철저한 단독 자만이 그리는 그림.

―비 그친 사이에 떨어진 감을 주워들고 골목길을 올라온다. 아직 지지 않은 꿈 하나 건진 것처럼 아프다. 감. 둥근 것. 그 안에 든 혹은 들지 않은 것들. 붉은 감이라는 가을 등불. 노쇠한 하늘. 지는 하늘. 아직 아무것도 아닌 죽음의 일들.

2011년 11월 17일

―아직 길을 내지 못한 많은 언어가 내 속에는 있다. 그것뿐이다. 다만 나는 나이테를 완성하는 나무처럼 무의지를 배워야 한다. 수많은 인간의 길에 난 언어들을 안아야 한다.

―남들은 글을 써서 집을 짓고 부모를 공양하는데 나는 내 어머니 냉방에 넣어두고 혼자 돌아다니다가 가난하고도 처량한 얼굴로 달만 바라본다. 내 잘못이다. 모두가 스스로를 기만하고 내 문학보다는 나의 입신에 더 많은 생각을 한 나의 탓이다.

─멀리 휘돌아 와보니 나를 기다린다. 한 사람조차 길을 떠났다. 바람이 많이 부는 곳에 앉아서 생각한다. 아, 나는 참 많은 죄를 저질렀나보다. 아, 나는 누구도 알 수 없는 말을 하며 이 세상을 떠돌았나보다.

─폭풍이 왔다. 나무들은 기도하던 어제의 손으로 얼굴을 가렸다. 덜컹거리던 창문이 갑자기 열리고 성난 목소리가 난입했다. 내 목을 조르며 목소리들은 식탁 위에 놓여 있던 덜구운 고기 한 점을 삼켰다. 나를 넘어뜨리고 책들을 찢었다. 의자를 넘어뜨렸다. 식탁 위에 놓인 말라가는 과일들을 집어삼켰다. 바깥은 폭풍의 감옥 속에 갇혀 있었다. 저 성난 목소리를 치욕처럼 삼킬 수도 없었다. 나는 이 폭력을 아주 오래전부터 두려워했다. 길을 건설하고 집들을 짓고 대성당 대사원 대시청 대국회의사당 발전소와 송신주 배와 기차와 자동차도 만들었다. 목소리는 내가 지은 모든 것이 되어 나를 난타했다. 이 세계 모든 성난 목소리는 내가 지은 것이다. 그 겨울에 넌 그 시골 마을에 앉아서 뭐했어?

—앰뷸런스의 비명을 듣다가 지는 눈을 바라보았어. 커피를 끓이다가 끓는 물에 손등을 데고 길 잃은 개 한 마리가 집 앞에서 서성이는 것도 보았어. 길 잃은 개가 눈 속에 서 있었어. 겨울의 일요일. 구부정한 노인이 개에게로 다가가 말을 거는 것도 보았어. 아이야, 나도 길 잃은 적이 있다. 마치 영혼을 다 도둑맞고 혼자 깊은 골짜기를 건너는 것 같았어. 길 잃은 개에게로 나도 갔어. 겨울의 일요일. 구부정한 내가 개에게로 다가가 말을 걸었어. 아이야, 나도 길을 잃었다. 당신에게로 죽음에게로 봄으로 가는 모든 길을 잃어버렸다. 눈이 왔다. 개는 눈 속에서 몇 번 하늘을 향해 짖다가 성당에서 합창이 들리자 울부짖었다. 더이상 당신 말은 듣지 않을 작정이에요. 듣지 않고 눈 속으로 들어가겠어요. 하얀 들판으로 가서 그냥 사라지겠어요.

2011년 11월 20일

—실없는 소리를 하고 결국 그 말을 반성하는 아침에 마시는

커피는 너무나 달다.

—괴로운 순간이야. 그게 좋아. 나는 아무것도 하지 않는 방을 좋아하지. 아무것도 하지 않고 누워 있는 방. 그 방이 관이라는 걸 알겠네. 죽음이 목표인 이 삶은 너무 거대하구나.

—아직 길을 잃지 않은 새들이 가진 날개는 성스럽다. 오직 날기 위해서만 살아왔던 것들의 뒷모습은 차갑기도 하고 쓸쓸하기도 하고 그랬다.

—서울이라는 성소. 나는 이곳에서 먹고 이곳을 걷는다. 저 낯선 사람들과 같은 말을 하고 산다는 게 너무 이상하다. 언어공동체라는 더운 이름이 싫다. 이 말을 하는 내면에 이곳이 내 자리가 아니라는 생각이 들어 있기 때문이다.

2011년 11월 23일

―어제 많이 마셨다. 오늘까지 마셨다. 그리고 고향으로 가는 버스에 올라탔다. 잤다. 너무 많이 마셨다. 너무나 가난한 나의 고향 가족에게 나는 아무런 할말이 없다.

2011년 11월 24일

―아침에 일어나서 어제 마신 술의 농도를 생각한다. 잠이 들기 위해서 마시는 술. 새벽에 깨어 있는 것이 너무나 고통스러워 마시는 술. 왜 깨어 있는 것이 고통스러운지 진정으로 생각해보아야 할 시간까지 살아버린 것이다.

―평생 시를 쓰는 일에 종사하면서 얻은 것은 병이고 잃은 것은 나다. 이 말을 어떤 직업에다 대고 해도 맞다. 그러므로 시를 쓰는 일은 일이다.

―두고 떠난 것들을 생각하며 한 병의 소주를 비우니 금방

슬퍼진다. 목만 마른 것이다. 누군가가 떠난 서울은 절망스럽지 않다.

―전혀 관계없는 사람들과 관계를 맺은 것 같다. 다름없이 아픈 나날을 걸어온 것이다.

2011년 11월 25일

―누구에게 실수를 아주 많이 한 것 같은 조바심의 나날. 아니, 실수를 하지 않으면 안 되었던 나날. 위악이 나를 울린 나날.

―비문들의 세계.

―언어철학의 아주 어려운 나날.

―글쎄, 무엇이 나를 구원으로 이끌까. 거울 앞에서 나는 옷

을 벗고 서 있고 싶을 때도 있는 것이다. 주방은 언제나 피냄새로 가득했다는 어느 요리사의 말을 듣는 이 저녁은 아프지 않은 것처럼 아프다.

─하루에도 몇 번은 절망한다. 하루에도 몇 번은 희망한다. 그건 아주 정상적인 일이다.

─감 골목을 걸어오는데 담장 위로 감들이 아직 달린 것이 보인다. 아직, 이라는 말을 한다. 아직, 이라는 말을. 아직, 이라는 이 불안한 말을 한다. 그리고 돌아온다. 그리고 사라진다. 서울이다. 사라지기 딱 좋은 도시예요. 서울이라는 사라지기 딱 좋은 도시에서 술을 마시고 친구들을 만나고 밥을 먹는다. 연희 맛거리에는 밥집이 많아서 밥 먹기가 불편하다.

─모든 여행에는 그 나름대로의 가치가 있겠다. 이번 여행에는 이상한 배신을 경험한다. 죽음과 같은 고독을 만난 적도 있었고 여름 들판을 지나가던 소떼를 만난 적도 있었다. 이

번에는 그런데 배신이다. 배신과의 조우이다. 배반은 배반
을 낳는다.

─나는 늙어가지만 아직은 괜찮다. 나는 너를 부축해서 지하
도를 건널 수도 있고 희망버스를 놓치고 울 수도 있다. 당신
의 마음속에 든 떨리는 얼굴을 보며 사랑해, 라고 말할 수도
있다. 난 어느 날 국밥을 먹고 당신을 만나러 갈 수도 있고 기
어코 오지 않는 당신을 향해 별의 살갗이나 아니면 아주 태
연하게 저 먼 날의 철학에 대해서 말할 수 있다. 당신, 나에
게 당신을 기억하지 못하는 치매가 올 때, 우리처럼 기억을
사랑했던 인간이 그 순간 다섯 살 때 배웠던 자전거 타는 법
을 잊어버려 다친 팔을 치료할 때 그때, 당신이 나를 위로하
면서 내 못생긴 이마에 손을 얹어놓을 때 나는 이생에 여한
이 없어서 그림자를 따라가서 당신을 만났다. 아주 느린 당
신. 그러나 생업에는 바쁜 당신. 내가 당신을 사랑한다면 정
녕 당신은 나를 믿으실 텐가. 울지 말고 이 지난한 사랑의 이
데올로기를 당신, 알아서 멍든 내 눈에 얼음 한 조각 얹으실

것인가. 한 일생의 키보드가 우리의 명랑한 것들을 닮았다고 생각하는 순간 우리의 일생은 이제야 겨우 시작되는가. 그걸로 당신의 눈물을 믿어 내 한평생 의지할 수 있겠는가. 혁명만큼 각오가 필요한 사랑, 우리 하면서 사막을 건넜더니 이제 마른 덩굴 숲이네요. 저의 이 공손한 별이 잠드는 텐트에 아주 가끔 방문해주세요.

―서울의 광화문 사거리에는 가랑비가 내리고 차들은 도로를 메운 채 씽씽 달리고 우리는 차를 마셨다. 경숙이는 라테를, 인숙 언니는 아메리카노를, 나는 유자차를. 현숙과 함께 〈늙은 창녀를 위한 고백〉이라는 연극을 동숭동에서 보고 경복궁 앞 칼국숫집에서 수육과 보쌈과 전과 만두, 칼국수를 나누어 먹었다. 허겁지겁 이 음식들이 다 배로 들어갔다. 인숙언니는 너무나 많은 음식을 시켜 먹었노라 툴툴거렸고 나는 만사가 좋았다. 언니도 좋았을 것이다.

2011년 12월 3일

─연희의 토요일 오후 침대에 누워서 「님의 침묵」이 적혀 있는 달력을 오래 들여다본다. 나는 아무 일도 없다는 것처럼 누웠다. 그리고 오늘 할 수 있는 일들을 생각했다. 아무것도 없으리라. 저녁이 오면 나는 외투를 입고 술을 사러 나가겠지. 아무 일도 없다는 듯 웃지도 울지도 않으며. 아, 앞으로 어떻게 또 먼길을 떠나야 하나. 누구도 나를 삶의 이곳으로 보내지 않았지. 위로를 하는 손도 마음도 어깨도 등도 가슴도 다 생채기였다. 위로를 하려고 하면 할수록 나는 내가 점점 어려워진다. 도대체 너, 라는 아무것도 아닌 인간이 누구를 위로하기 위하여 이 길을 나섰니?

─단풍의 절정에 마음을 걸어두고 아주 긴 길을 걸었다. 치매에 걸린 노인이 내 배낭을 잡으며 자기 배낭이라고 주장했다. 1954년 이런 배낭에다 밀가루 몇 봉과 성냥 몇 갑을 넣고 집으로 돌아가다 도둑맞았다고 2011년 서울로 십 년 만에 돌아온 나에게 말했다. 나는 노인에게 말했다. 어르신 이 배낭

독일에서 산 거예요. 1954년 함양이랑은 아무 연관이 없어요. 노인은 말했다. 아냐, 내 배낭이야. 그때 잃어버린 거라고, 이 나쁜 년아. 네 에미 앞니 빠진 것도 모르고 지전 한 푼 벌지 않고 내 배낭을 들고 돌아다니냐. 아니에요, 이 배낭 그냥 제 거예요. 어르신 제 이야기도 좀 들어보시겠어요? 이국에서 굶어 죽을 뻔한 사연이라든가 엉뚱한 글과 말에 이끌려 인생을 탕진하고 저 외로운 것만 챙기던 불우한 한 인간의 이야기 들어보시겠어요? 내 배낭이야, 밀가루 성냥 다 도둑맞고 내 새끼 먹일 것 없어서 돌다리 건너던 내 것. 나는 내 것이라는 말에 주눅이 든다. 나는 단 한 번도 내 것이었던 그 무엇이 없었다. 나는 나를 사랑하지도 않았고 나는 나를 버릴 수도 없어서 오늘 죽어도 아무 여한 없는 얼굴을 숙이며 무수한 이국을 지나쳤지. 제 그림자를 아세요? 어르신, 제 그림자를 아시느냐구요? 제가 1954년에 어르신이 도둑맞은 배낭을 들고 2011년 십이월에 이렇게 홍제천변을 걸을 인간으로 보이세요? 저 자전거 타고 가는 아이에게 물어볼까요?

—김훈 선배의 말들은 이제 그가 가려고 했던 모든 길을 걷다가 가고 싶었던 어떤 길에 도달한 느낌이다. 오늘 그가 운동을 하면서 전화를 했을 때 나는 그가 자신의 길을 완성하려고 하는 마지막 아주 긴 시간을 살고 있다는 느낌을 받았다.

2011년 12월 4일

—모든 사람에게 친절할 수는 없는데 곧 떠날 거라서 그렇게 했다. 그런데 마음으로는 도저히 친절해질 수 없는 어떤 사람이 있다. 그 이유는 여러 가지 있겠지만 가장 큰 이유는 그가 신실하지 못하다는 느낌을 자꾸 받기 때문이다. 그 사람에게 미안하다. 오해일 수도 있을 테니.

—곧 떠난다는 사실이 좋기도 나쁘기도 하다. 떠나는 일이 습관처럼 되었는데 언제나 떠나는 것에는 그리 익숙하지 않다. 나는 그 사실이 힘들기는 하다. 까치가 저렇게도 울어대는 곳에 앉아 까마득한 마음으로 앞일을 생각한다. 이제 곧

오십. 나는 길을 가는 것에 더 익숙해져야 한다는 생각을 한다. 언제나 그건 익숙한 일이 아니었지.

2011년 12월 5일

—이제 갈 시간이 열흘 정도 남았다. 이렇게 조용한 연희의 방 바깥으로 끊임없이 빗질을 하는 소리를 들었다. 쓰자. 쓰는 시간만이 사는 시간이다. 아무도 걷지 않았던 길을 걸었다. 그래서 나는 언제나 외로웠지. 그리고 이 선택만이 내 삶을 이끌어나갈 것이다.

2011년 12월 6일

—근혜를 만나고 와서 나는 내 방에 나를 가둔다. 다시 저녁 일곱시가 될 때까지 누군가를 만나 이 도시에서 일어난 모든 소란한 풍경과 사랑을 이야기하기까지 음…… 생각해보니까요, 실패한 일들이 너무 많아요. 아, 그러세요, 오늘 반달

은 기우는 달이에요, 아님 차는 달? 당신에게 당신의 지갑은 어떤 의미였고 이 도시에서 지는 노을은 어떤 의미였어요? 당신이 마시던 술과 당신의 벗이었던 저 수많은 고약한 날씨조차.

—떠나기 전에 몇 줌의 머리칼을 남길 작정은 아니었으나 머리를 자른다. 숭덩숭덩 잘려나가는 머리칼이 바닥에 쌓인다. 그래, 그렇게 아프면 떠나는 비행기 표를 바꾸는 거야. 그래, 그렇게 머무르는 것이 아프면 다시 기차역으로 나가는 거야. 도시에는 물대포라는 것이 있어요. 어디? 광장에요. 아니 당신의 심장 속에 있는 거 아니야? 저의 가장 가운데에는 당신만이 있어요. 당신은 나를 지배하지요. 그렇다고 당신이 나를 억압하는 건 아니에요. 그렇다고 당신이 나를 사랑하는 건 아니에요. 제가 제일로 사랑하는 건 실패한 축구 선수예요. 그 가운데서도 미드필더 선수. 공을 분배하는 방법을 잊어버리고 팀을 벙어리로 만들어버리는 사람! 아니라면 제가 가장 사랑하는 사람은…… 나는 당신을 냉동해둔다. 가

장 적절한 온도를 찾는다. 이제 물대포를 쏘는 경찰을 뭐라 할 수도 없어요. 저들이 누구의 하수인이기는 한데 그 하수인이 나인지도 모른다는 생각을 저는 하거든요. 왜?

2011년 12월 9일

—눈이 온다. 아마도 첫눈. 그래서 어쩌겠다는 게 아니다. 다만 그렇다는 것뿐. 무언가에 열중하고 있다가 그걸 놓아버리는 마음이 또다른 시를 쓰게 하겠지. 그곳에 살 이유가 없다면 나는 죽어갈 것이다. 그걸 알겠다. 이곳에서도 살 이유가 없는 것도 알겠다. 아마도 이 지상에서 소리소문 없이 사라지겠다는 마음이 날 병들게 할 것이라는 것도.

—내 책들은 다 고아다. 다시 고아 하나를 두고 이곳을 떠난다. 그러니 나는 내 책들에게는 참으로 나쁜 어머니였다. 앞으로도 그러지 않을까? 미안하다, 나의 책들아. 오늘 눈이 오는 길들을 달려 어느 곳에 도착해서 잠 오지 않는 여관에 있

을 것이다. 그때 내 책들과 잠을 잤으면 좋겠다.

―나는 나를 조금은 더 사랑했으면 좋겠다. 나는 왜 나를 파괴하지 못해서 안달을 하는가. 나는 나를 조금은 더 아꼈으면 좋겠다. 내 책이 조금 더 팔리는 게 좋다는 생각을 하는 것은 이곳에 찾아올 이유를 발견해야 하기 때문이다. 아마도 그렇게 되지는 못할 것이다. 고아로 또 살다가 어둔 구석에서 사라질 나의 고아들에게 나는 할말이 없다.

2011년 12월 18일
―독일의 내 방에 있다. 돌아왔다. 아니 떠나왔다, 라고 해야 하나?

2011년 12월 19일
―시로 다시 돌아온다는 건 무엇일까? 희경이의 시집 뒤에

붙어 있는 말은 참으로 청년의 첫 시집에 붙을 수 있는 절절한 말이다. 아, 이 새벽에 생각한다. 나는 어디로 가고 올 수 있을까? 내 두번째 시집은 나의 태그가 되어버렸지. 그것은 정녕 나의 길을 예언한 '단어'였는지도 모른다. 어쩌면 이 모든 순간을 접어둔 사랑일지도 모른다.

─어둠을 밟는 것은 발이 아니라 눈이다. 어제 모서리에 부딪혀 무릎을 다쳤다. 나는 이제 맞아 죽은 사람과도 대화를 할 만큼 피가 차갑다. 언어를 응시하는 눈에 얼음이 고이는 겨울, 첫눈을 맞으며 아주 오래된 길을 걸은 적이 있다.

─도대체 무엇이 그리워서 도대체 무엇이 간절해서 영혼은 이렇게 불안하고 영혼은 이렇게 떨리는가. 가질 수 없었던 순간의 간절함이 시가 되기는커녕 죽음으로 나를 몰고 갈지도 모른다는 생각을 한다. 너, 나를 안아주지 않아서 내가 아플까. 내 마음만큼 네 마음이 나에게 다가오지 않아서 그것이 증명되지 않아서 혹은 어떤 두려움이 나를 이렇게도 슬프

게 하니? 아니다, 너는 없다. 너는 어디에도 없다. 너는 내 속에서만 나와 산보하는 무엇이다. 나는 너에게 나를 고백하고 나는 너에게 내 정황을 라이브로 중계한다. 엄격한 순간마다 나는 나를 죽일 수도 있었다. 이 적막 속에 갇혀서 죽을 수도 있다. 아, 살아야 한다. 살아남아야 한다.

—어두운 날이면 아무도 지나가지 않은 길을 걷다가 잠시 쉬다가 하늘이 없는 어디쯤에 가서 하얀 꽃이 되고 싶다는 생각을 한다. 백야의 나날은 길지 않았다. 예언처럼 울지도 않았다. 그림처럼 멈춘다. 그 앞에서 진눈깨비가 된다. 사물을 바라본다.

—영하 12도 거리에 나와 통곡하는 북한 주민들.

—어느 정도 용기가 생겨 살아남을 수 있을 때까지 모든 기쁨과 치욕을 다하여 살아가는 나날을 저는 백야의 나날이라고 부릅니다. 어느 정도 걸어서 신발을 벗다가 울 수도 있겠

지만 아직.

2011년 12월 20일

─지난번에 한국에 다녀왔을 때보다는 훨씬 견디기가 수월하다. 아마도 이곳에 내 일상이 있다는 마음이 확고해진 모양. 이곳에서 내 여행이 진행된다는 마음이 확고해진 모양.

─구름 눈 바람 이 많은 것을 시에 집어넣으며 살았다. 철저한 나에 대한 부인이 나를 이끌고 나갔다. 아직 잘 모르겠다. 무엇이 무엇을 이루려고 하는지. 내 언어의 가장 선명한 곳에는 쓸쓸함이 있다. 오늘 떨어진 양말을 서랍에서 꺼내다가 먼저 간 사람들을 생각했다. 이렇게 양말처럼 그들과 함께 나도 구멍이 났다. 그들이 이곳을 빠져나갈 때마다 내 영혼에 뚫린 구멍은 일종의 사물이 되어 지금 내 눈앞에 있다. 어쩌면 그렇다, 내 구멍에 대하여 이 쓸쓸한 바람에 대하여 대답할 수 있는 건 내가 통과한 역뿐일 것이다. 당신이라는

역을 통과하며 들판에 다다르는 일이 많았으면 한다. 그 들판에서 추위를 견디는 가벼운 것들을 만났으면 한다. 천년이라는 시간의 무게가 무거우므로 무겁다, 하면서 살짝 웃는 그 무엇의 세계 속에 서 있으면 너도 올 것 같다. 너처럼 불편하고도 너처럼 편한 존재는 내겐 바람밖엔 없었다.

2011년 12월 21일

─역이라는 것은 스쳐지나는 곳이 아니다. 역이라는 곳은 스쳐지나온 모든 것을 버리는 곳이다. 저녁이었다. 저 미지의 역에 도착해서 철로를 바라보는 마음은 언젠가 돌아갈 곳을 찾을 수 있을 거라는 희망 때문이었다. 이 세계에 희망이 없다면 나는 이 세계에 있을 필요가 없을 것이다. 당신에게로 갈 수 없을 거라는, 혹은 당신이 날 받아주지 않을 거라는 모든 낯선 말 앞에서 문장의 슬픔으로 일생을 보내는 것은 얼마나 온당한 일인가. 나는 아직도 사랑할 사람들이 있고 그 사람들과 함께 나서야 할 길이 있다. 나에게 가장 소중한 사

람이 아프다. 내 잘못이다. 그립다, 당신 말로 하지 못할 슬픔의 강이 가슴속을 지나간다. 그 강에 비친 노을 속에 당신의 얼굴이 지나간다. 울지 마라, 울지 마라, 라고 내 가슴을 달래는 무엇이 있었으면 좋겠다. 이 도저한 무력감. 이 도저한 불안. 이 도저한 말 못할 일들. 너도 그렇겠지 너도. 너도 그러니? 기대와 어긋나니 외로운 거다, 라는 말은 참 옳구나. 네가 나의 기대에 맞게 해주지 않아서 나는 외로웠던 거다. 더이상 들키지 않아야겠다. 멀리서 지켜보며 잊어버려야 할 일들을 잊어야겠다. 그리고 나의 시.

—어둠 속에 쪼그리고 앉아 너, 시를 생각했다. 난 너 같은 인간이 좋다. 저도 추우면서 다 퍼주는 너. 저의 가난을 참으면서 언제나 부자인 척 나를 편하게 하는 너. 네가 옆에 있음 모든 것이 다 내 편이 될 것 같은 너. 나를 닮아 가진 거 세상에 다 놓은, 구석의 너. 너는 민정.

2011년 12월 22일

─시가 어디로 갈지 내가 어떻게 알 수 있으랴. 하지만 결국 어디로든 갈 것 아니냐. 볼 수 없는 많은 것이 나를 피게 하리라. 볼 수 없는 것이니 아련하고 먼 것이니.

─볼 수 없는 상처는 영혼의 독약이다. 영혼을 거의 죽음까지 몰고 간다.

─이제 나이가 들어서 문장을 쓰고 그것 자체만을 즐기는 연습이 필요하다. 그렇지 않으면 고독으로 죽어갈 것이다. 너의 문장만이 너를 고독에서 구해준다는 걸 네가 잊지 말았으면 좋겠다. 새벽에 일어나서 커피를 끓이고 왜 작업실로 올라오나? 문장 때문 아니었나?

─바깥에 부는 바람이 더이상 아프지 않다.

─오늘은 병원으로 가야 한다. 병원을 연말에 가는 건 쓸쓸

한 일이지만 연초에 가는 것보다 희망적이기도 하다.

―아마 내가 꿈꾸는 건 문장을 쓰고 그로부터 파생하는 즐거움을 온전히 누리는 일일 것이다. 그건 아름다운 일이다. 천천히 내 속에서 빠져나가고 있는 건 너인가, 아니면 올해, 2011년이라는 시간인가.

―멀리 있는, 얼굴도 한 번 본 적 없는 시인을 생각한다. 그가 이 시기를 잘 견디고 시에게로 돌아오기를.

2011년 12월 23일

―누구도 나에게 소식을 전하지 않았다. 깊은 연말이었다. 나는 우체국으로 가서 너에게 줄 말들을 부쳤다. 하나 그 우체국은 이 지상에는 없는 우체국. 나는 소식을 전하지 않는 바람이 되어 그 나날을 떠돌다가 나의 마른 빵을 어느 귀퉁이에서 넘긴다. 이 모든 것이 외롭다 싶어서 이 모든 것이 당

신 아니면 헛된 시간이다 싶어서 이렇게 눈이 내리는가. 이 텅 빈 흰빛이 세워놓은 영원의 산에서 목놓아 부른다. 당신 아직 우리가 미문 그곳에, 끊임없이 당신과 내가 벌이던 전쟁의 포화 속에 당신이 나를 상처 내고 나 역시 그래서 순한 나뭇잎들이 우리의 사나운 말을 삼키며 창백해지던 때…… 나는 소리 없이 우는 첼로가 되어 어느 지하에 감금되고 싶었으나 아, 나는 이제 엄숙한 말을 하며 눈물이라는 뜨거운 나의 존재를 모든 산책하는 자의 비웃음으로 수락해야 하는 때 그 거리에서 내린 회색의 비를 나는 눈부시다고 적어야 했으며 그 거리에 내린 눈에서 당신을 본다고 적어야 했다. 나는 그 시절 그냥 사라지고 마는 빛이 되고 싶었다. 내가 버린 모든 것들이 나를 버리는 계절, 정치의 아이들은 울면서 혼자, 라는 감옥을 만들어내고…… (이 얼마나 오래된 일인가, 정치하는 시인들이 이 세계의 시선을 집중시키는 일. 근대의 버릇이다 이건, 그리고 자기 연민에 빠진 모든 욕망의 눈동자가 오늘은 겨울이 되어 내일은 봄, 여름, 겨울이 되어 당신의 길게 자란 손톱에 대하여 당신의 식욕 없는 나날에 대하여 당신이 조미료가 든 국을 마시지 못하는 이유에 대하여 유모 같은 잔소리를 해댈 것이다. 나는 그것이 두렵지 않다. 하지만 두렵다, 이생에 당신을 다시 만나지 못하고 사라지는 것은.)

2011년 12월 24일

─홍제천변에는 르누아르와 모네의 그림이 줄지어 붙어 있었고 치매를 예방하는 방법이 적힌 현수막이 붙어 있었다. 운동기구에는 늦가을의 나뭇잎들이 가벼운 몸을 누인다. 나뭇잎은 운동이 필요할까?

2011년 12월 25일

─그녀를 생각한다. 우리 시대 최고의 시인 김혜순. 나에게 외롭지 말라고 하던 심심해하지 말라고 하던 시인. 그녀의 말들은 외로운 사람의 말, 고독한 최고 시인의 말. 나는 그녀의 말을 사랑한다.

─한 시집을 관통하는 말. 한 시집을 제대로 읽으려면 시를 보는 눈이 달라져야 한다는 생각이 많이 드는 밤. 결국 타인의 시를 읽는 것은 그 시들을 이해하려고 한다기보다는 시를 읽는 눈을 단련한다는 표현이 옳겠다. 오늘은 성탄의 날. 이성복 선생의 시를 읽고 싶다는 생각을 한다. 선생의 시와 조금 멀어져 있었다. 왤까? 너무 좋은 시들이었기 때문은 아니었을까?

─결국 내가 그리워하는 것은 내 졸렬이다. 내 눈에서 진행되는 욕망의 움직임이다. 내 얼굴에 자주 들어오는 실망과 물대포의 추위다. 한사코 그 돌담길을 걷다가 쓸쓸했던 이유는 내 욕망에는 육체의 비밀이 없기 때문이다. 이제 쓸쓸해진 시절과 함께 동거하는 나날이 많을 때 한사코 눈앞에 떠오르는 모든 것을 지워버리려고 하는 것도 욕망의 표현이 아니었는가. 욕망과 당신이 다음 내 시집의 주제어는 아닐까?

─내 마음을 오늘 들은 이는 당신뿐이었다. 당신의 외투가

낡아서 밖에서 내리는 눈은 모서리를 잃었다. 나는 어찌 여기에 들렀느냐고 물었다. 당신이 더운 김이 뿜어져나오는 주전자를 들어올리며 아무 말도 하지 않을 때 아, 나는 내 마음 속 솥의 달걀찜이 바야흐로 서러운 노란빛을 하고 있다는 걸 알았다. 그걸 당신에게 먹이려고 나는 당신의 외투를 서둘러 접었다. 아, 먹먹한 눈의 숨 같은 빛이 내 어깨를 당신 어깨에 기대게 했다. 좋았다. 좋았다는 말을 그렇게 기댄다, 라는 말로 고쳐 말할 수밖에 없었다. 눈의 숨 같은 시간이 우리의 잠 속에서 쉬었다. 우린 육체가 좋은 정신이었다.

2011년 12월 27일

─어제 읽은 이장욱 시의 어느 구절이 머리를 떠나지 않는다. 무섭게 고요하게 자라는 사슴의 뿔. 겨울 한복판에……
시에 접속한 가장 강력한 말들은 가슴을 뚫고 그냥 들어온다. 이 어떤 시에 들어 있는 고요함. 바깥에는 바람이 불고 바람소리는 내 방까지 들린다. 저 소리를 위하여 나는 무언가 적을 수 있을까? 저 소리가 나를 건드리고 지나가는 것은 무엇일까? 저 바람은 그저 오늘의 바람이지만 삶을 무참히 묻어버린 어제의 바람일 수도 있다. 눈 덮인 산은 방문객들에게 아무 말이 없다. 다만 자연으로서 할 수 있는. 이장욱처럼 단 한 줄 쓸 수는 없을까? 말을 하려는 욕망을 줄인 자리에서 기다리는 그 무언가에 대해, 성실한 십일월 말의 감에 대해 겨울 한복판에 들어섰는데도 아직 달려 있을 그 감들에 대해, 오지 않은 진실에 대해서. 이 모든 것은 과감하고 이 모든 것은 수다스러웠다. 수다스러운 겨울. 도시에서 가장 아름다운 곳이 있다면 골목이다. 나는 골목을 좋아한다. 강을 끼고 서 있는 도시들의 골목에는 반드시 울고 있는 아이가 하나쯤 있기 마련이다.

— 올해는 참 좋은 해였다. 얼른 지나가라.

2011년 12월 29일

─시의 언어들이 절박하면 할수록 말은 시라는 그물 속에서 버둥거리고 나오지 못한다.

─고국에서 누군가를 만나서 밥을 먹고 술을 먹고 어디론가 같이 여행을 하는 것. 좋은 일이긴 하지만 반복할 일은 아니다. 그게 그리움으로 남다가 결국은 상처가 되는 것이 타국에서의 생활이다.

─좋아하는 시들이 달라져야 한다. 옛날에 좋아했던 시들에 붙잡혀 있으면 안 된다. 그것은 참 중요한 일이다. 쇄신이 필요하기 때문이다. 하지만 옛 시들에 눈이 자꾸 가는 것은 어쩔 수 없는 일. 버려야 한다. 그래야 헌 길이라고 생각한 길들이 새로 보이기 시작한다.

2012년 1월 2일

—누군가가 돌아올 것 같은 바람이 부는 날이다. 새해, 라는 말은 나이가 들면 들수록 이해할 수 없는 말이다. 하이데거를 읽으면서 새해 첫 주를 보내야겠다.

—사랑에 대한 단상들을 쓸 수는 없다. 너무나 많은 사람이 그 주제로 글을 적어나가서가 아니다. 나는 이기적이라 누구를 단 한 번도 끝까지 사랑해본 적이 없기 때문이다.

—여행에 대한 단상들은? 그것도 못하리라. 이미 많은 말을 해버렸다.

—꿈은? 아마도. 수천 개의 꿈 이야기를. 이를테면 이렇게: 어제 잠을 자는데 당신이 들어와서 내 옆에 누웠어요. 자면서 어떻게 알았냐구요? 당신은 내가 그렇게 해도 모르시겠어요?

―이제 결정은 나 혼자서 한다. 누구도 내 결정에 간섭하지 못한다.

―갯벌을 한두 시간 정도 걷다가 돌아왔음. 아주 조금 감기가 들어서 돌아왔음. 얼마나 그러면 이 펄럭이는 마음의 깃발들을 사랑하게 될 수 있을까? 더 경험하지 않으면 이제 아무 발자국도 뗄 수 없을 만큼 나는 늙었다. 비었다. 중독자의 달이다.

―당신이 나를 전혀 모른다는 생각이 들었을 때 나는 당신을 떠날 수 있었다. 갈 길이 먼 사람처럼 나는 서둘러 떠났다. 그것이 우리를 지켜주리라는, 단 몇 분 동안 친구였던 그 순간을 지켜주리라는 예감 때문이었고 그 예감은 맞았다.

―당신의 당신은 누구이고 뭐냐? 나는 아직 단 한 번도 그 답을 아는 시를 본 적이 없다. 동료들이 쓰는 쓸쓸한 시들에는 그 답이 없을 수밖에. 시인들은 당신이 누구인지 당연히

모른다.

─눈에 찍힌 발자국을 한참 들여다보았다. 마음의 어느 도시에 눈이 펄펄 날리는 꿈을 아주 오래 꾸었다. 그곳에는 아무도 없었다.

─하지만 누군가 있어도 없다, 라고 나는 생각했을 것이다. 언제나 아픈 사람이 너, 라는 생각을 하는 사람들이 시인이다. 그 꾀병을 나는 가끔 참을 수 없다.

─어떤 사회가 망가져가는 것은 속된 말로 쾌감을 얻는 사람들이 무리를 지어 다니며 짧은 통신을 주고받으면서 시작된다. 그건 좌든 우든 마찬가지다. SNS라는 이 정체불명의 통신은 내가 그 안에 있다, 함께 있다, 기억되고 있다, 참여하고 있다 등등의 망상을 불러일으킨다. 나치 시절 동안 독일 사람들은 언제나 몰려다녔다. 그것이 무섭다.

2012년 1월 3일

―석기 시대에는 어떤 역이 있었을까. 어떻게 사람들은 떠나가고 돌아왔을까. 그 시절의 여행자들은 무엇을 위해 떠나가고 돌아오고 했을까. 아마도 아직 우리는 그곳에 서 있는 건 아닐까.

2012년 1월 4일

―욕심이라는 말에 대하여 나는 그와 어젯밤 오랫동안 이야기를 나누었다. 그는 내가 욕심에 사로잡힌 인간이라고 정의해주었다. 고마웠다. 정말 그러니까. 오래된 고독이 욕심으로 전환되었다는 걸 깨닫는다. 오래된 고독이 사랑받고 싶은 욕망으로 변질되었다는 걸 알겠다. 이 모습을 그에게만 보이니 얼마나 다행인가. 조금 더 책을 읽는 시간이 지나가면 이 욕심은 책 안으로 흩어지리라. 누군가에게 그만 써, 라거나 그만 돌아다녀, 라는 말을 모질게 해주었으면 좋겠다.

—내가 쓰는 이미지와 그 이미지에서 길항된 언어들이 더이상 보기 싫다. 이제 다른 게 필요해.

—아, 이건 무엇인가. 어젯밤에 떠올랐던 수많은 이미지가 아침에 일어나 책상 앞에 앉으니 다 사라져버렸네. 그들에겐 발이 달린 것일까? 내가 너를 놓지 않는 건 어쩌면 나에게는 뮤즈가 필요했기 때문. 너도 그러리라. 그러나 그것은 나를 이 아픈 병에 걸려 종국에는 목숨을 놓는 어느 순간으로 데리고 가지 않을까 싶어 힘들다. 그리고 일렁거림을 사랑하지 않는다. 다만 그것은 고통에 거리를 두고자 하는 나의 강박관념일 뿐.

—새로운 목소리가 다 숨어버렸다. 내가 어느 날 만났다고 생각한 나의 새로운 목소리가 다 숨어버렸다.

—비엔나의 어느 교회에는 이 교회에서 장례식을 치른 전세기 음악가의 명패가 달려 있다. 교회와 장례식은 연관이 많

고 음악 역시 교회와 맺고 있는 관계가 무수하지만 이름과 교회만큼 그 연관성이 지독한 것이 있을까. 교회는 탄생과 삶과 죽음과 영생을 보장하는 기관!이라서 그 첨탑이 높은 것이겠지만 누구도 구원을 해주지 못해서 첨탑은 저렇게 높은 곳에 서서 우는 자의 눈물을 외면하고 있는지도 모른다. 우는 자를 오래 들여다보고 있으면 세계는 망가진다. 그러므로 교회야, 망가지지 말고 네 뜻대로 해다오.

—서울에서 나는 냉이와 달래가 천 원의 봉다리에 담겨 겨울 불빛 가로점에 누워 있는 것을 보았다. 비닐하우스에서 자란 놈들을 다시 비닐로 매장시켜두었으니 아, 생명을 받을 때도 인공이었고 죽음도 인공인 봄이 이제 무서워진다.

—뭐가 그렇게 사무치고 쓸쓸했나. 내 뜻대로 되지 않은 것이 과거였고 오늘이었고 미래라서 그랬을 것이다. 나를 고독으로 몰고 갈 수 있는 것은 나라는 세계밖에 없다. 네루다를 읽고 싶은데 그의 책을 발견할 수가 없다. 아마도 이 작업

실 전체를 뒤집어엎어버려야 할 것이다.

—연시들이 보통 편지의 형식을 띠게 되는 것은 사랑이라는
대상이 자신의 바깥에 있다는 오래된 생각의 관습 때문이다.
이 지독한 산책자의 편지들은 그래서 바지가 거리를 쓸어내
리는 빗자루가 되어버리는 흉측함을 가지게 되는 것이다.

—아무도 읽지 않는 책을 쓰면서 일생을 보낸 전세기의 시인
들이 가진 열려 있는 자폐증의 시간을 이해한다. 아마도 이
시간은 예술이라는 것이 개인의 행위가 되어버린 사건이 지
속하는 한 영원히 그럴 것이다. 팔리는 건 예술이 아닌가? 이
건 발터 벤야민의 오래된 물음. 예술일 수도 있고 아닐 수도
있고 그러나 중요한 것은 팔아보지 못한 자는 공포에 시달린
다는 것이다. 이러다 어느 날 죽어버리는 것은 아닐까, 하고.
고독한 예술가를 참아낼 수 있는 예술가도 가난한 예술가는
참아내지 못한다. 아니 가난이 예술가의 자존심을 짓밟고 상
처를 주며 종국에는 물리적인 허기와 아사로 몰아가기 때문

이다. 이건 구체적인 고민이다.

—이건 욕심일까. 더이상 예술에 대한 생각을 멈춰버리고 거리로 청소부가 되어 나서야 할지도 모르겠다. 너는 왜 나를 가르치려 하는가, 나의 예술이여.

—내 공동체가 내가 쓴 글을 읽지 않는다면 나는 다른 공동체를 찾을 수밖에 없나? 일이 이 지경까지 되어버렸나? 이건 상처이다. 내가 그렇게 생각하니 그건 내가 나를 할퀴고 있는 것이다. 나는 상처의 다른 이름을 모른다. 이것은 치명적인 상처이다. 다만 그렇다니까. 당신들이 나를 어쩌라는 것은 아니고…… 나는 뭘 잘못해서 이렇게 괴로운가. 딱 고만고만한 나의 재능. 나는 떠나왔다, 라는 것을 잊고 너무나 많은 기대를 한 것이다.

—외부에서 오는 소식을 소식으로만 여기는 나의 습관이 나를 이렇게 상처받게 하는 거겠지. 그런데 이런 반성은 너무

나 상투적이라서 힘들다. 결핍을 인지하고 그것을 겪어내는 것은 나이가 들수록 힘들다. 나는 실패했다. 나는 실패했다. 인간적으로도 예술가로도 그리고 이 실패를 극복할 지평은 보이지 않는다. 이쯤 되면 죽음에 대한 충동을 느낄 만하다. 내 실패의 원인은 어디에 있는 걸까. 나에게 그것만 분명하다. 나는 가난한 자다. 나는 가난해서 죽어버릴 수도 있는 자다. 나에 대한 연민에 사로잡힌 나는 여기에 설 곳이 없다.

2012년 1월 5일

―울 수 없는 계절은 망한다.

―바람이 거세게 창문을 두들겼다. 진눈깨비, 그리고 천둥. 갑자기 다시 어두워졌다. 날씨의 제국에서 우리는 해방될 수가 없다. 그 순간, 너 없이, 라는 말이 떠올랐다. 누군들 나에게서 너에게로 갈 수 있으리. 누군들, 말이다. 말의 창문에

매달려 살던 그 누군들, 누군들, 말이다. 천둥이 친다. 너라는 오브제여! 견뎌라. 나라는 오브제여! 견뎌라. 우리가 부재라는 불멸의 오브제가 될 때 너 없이, 너 없이, 울지 않는 계절은 비로소 멸망한다.

─마음 가는 사람에게만 나쁜 자식! 나쁜 년!이라는 말을 할 때도 있었다. 괴로운 이파리의 나날이었다. 이상한 겨울 속에 서서 장갑을 벗으며 천천히 젖은 눈을 만지던 시절이었다.

2012년 1월 6일

─나는 너의 표정을 기억한다. 너는 참 아름다운 인간. 당신의 부모들이 당신의 그런 표정을 만들었을 거야. 나처럼 내 표정을 엉망으로 만든 부모를 둔 자가 가진 이 부러움. 너는 아니? 너는 욕심쟁이. 그리고 너는 차가운 손을 가졌다. 너는 네가 바람이라고 믿지만 내가 이해하는 너는 너의 욕망에 너를 다 내어주고 드디어 욕망마저 바람이라고 생각하는 비겁

함을 가졌다. 당신이여 당신을 나는 모르겠구나. 인류! 라고 그때 쓴다. 돈이라는 제목으로 시를 쓰고 싶다.

2012년 1월 8일

—늙는다는 것에 대해서. 그것을 환기시켜준 김혜순 선생님의 편지. 작란의 동생들에게 넥타이를 사주고 싶다. 색깔을 골라야지. 한아에게는 넥타이가 아닌 다른 것을 사주어야 하나? ㄹ의 시들은 잘 읽히지 않는다. 왜? 너무 시인 척하는 시를 쓰기 때문은 아닐까? ㄱ의 시처럼 시 아냐, 시 아냐, 하면서 쓰는 시들을 많이 만나고 싶은데…… 그의 시적 감각은 늙었다는 느낌이 드는데 이건 그냥 느낌일까?

—나에게 네가 부재할 때 어쩔 수 없이 부르는 것이 노래인가? 어쩔 수 없이 의식하는 것이 죽음인가? 절대적인 나는 없는 것. 네가 있음으로써 나는 정의된다. 불만이 아니다. 물만이 아니다. 다만 네가 있어서.

—나의 가장 오래된 상처에 속하는 것은 그곳을 떠나왔다는 것이다. 고대인들도 그곳, 혹은 고향이라는 자의식이 있었을까? 그랬겠지…… 그들이 행하던 주술의 많은 형태는 집을 향하므로. 들고 다니던 저 지팡이라는 것은 고향에서 가져온 지팡이일 터. 그것은 언어라는 지팡이.

—리스본으로 가서 페소아를 만나서 한 시대의 불운에 대해서 알고 싶다. 인간적인 불운은 종종 문학적인 행운이니 그리고 아직 가지 못한 길에 대한 아름다움을 보면서 슬그머니 웃는 자의 얼굴일 터이니.

2012년 1월 9일

—입안에 든 말들이 이제 가시다. 내가 나 스스로에게 폐허라고 말하는 순간 이제 새벽이 오는 것이다. 그리하여 그 신전에는 아무 말 없이도 기도하는 자들이 속속 신전으로 들어오는 것이다. 이제 죽어버린 나와 살아 있는 내가 서로 어깨

를 나란히 하고 저 먼동을 바라보는 것이다. 그리고 나는 버스를 탄다. 죽은 나여 안녕.

─이 불안은 치욕을 당할 수도 있을 거라는 이상한 예감에서 비롯된다. 불안을 달래는 것이 아니라 불길한 예감을 달래는 시간이 불안의 시간이다. 나는 그 불안한 시간들과 잘살 수가 없다. 그리고,

─한 달

한 달이 지났다.

그리고 우리가 만났을 때 나는 물었지,

아주 작은 소녀처럼 재잘거리며

어디에 있었어?

병원에

다시 내 속의 어린아이가 물었지, 어디 슬펐니?

계절은 대답했어.

내 소리를 다 지저귀어주던 새들이 떠났어.

그 새들, 철새였거든.

내 심장이 아팠어. 한밤중에 쓰러졌고

하하하, 붉은 십자가를 가진 차 한 대가 왔어.

병원?

그곳에만 가면 사춘기가 된다.

아무도 의지할 곳이 없었던 세월이었지.

간호사는 걱정 어린 눈으로 말했다.

어느 철학자가 쓴 『병원의 고고학』이라는 책을 읽은 적 있어요. 그곳에서는 죽어가는 사람만이 아니라 죽어가는 사람의 손을 붙들고 있었던 손들이 더 많아서 발굴을 하면 장갑만이 나온대요. 뼈만 남은 손을 가난하게 감싸고 있던 세월요.

왜 나는 너에게 그 한 달 사이에 아무 기별을 넣지 못했지?

인간이란 언제나 기별의 기척일 뿐이야.

누구에게든

누구를 위해서든

병원의 고고학이라는 책을 쓴 그 사람도 그걸 알았을까,

오늘은 정말 고요한 연 같네, 내 말을 다 들어주고.

달아나야겠다.

그리고 말하자면 너는 철새들을 품느라 시간이 없어서

달이 떠난 자리에 가만 서서 병원을 보네.

병원에만 있어서 그리 오래된 선사의 기별을 보내오는구나.

석기 시대의 역에 서서

아주 오래 오지 않는 기차를 기다리며

매일의 예언

오늘 나는 망할 것이다.

망하지 않을 것이다.

바람이 불 것이다. 말 것이다.

2012년 1월 10일

—아주 오랫동안 날 붙잡고 있을 어떤 수치, 같은 것이 밀려오고 또 밀려온다. 그렇다고 그 수치심을 붙들고 살아갈 수는 없지 않은가. 잊어라, 수치가 너의 영혼을 갉아먹다가 너의 주인 행세를 너의 내부에서 하기 전에.

2012년 1월 11일

—아직 원고가 끝나지 않아서 또 잠을 설쳤구나. 시를 쓰고 사는 삶이라는 거, 나쁘지 않다.

—아침의 붓다: 열심히 사는 삶이란 예술가에겐 예술만을 생각하고 사는 삶일까? 정말 예술은 예술하는 마음에서 오는

걸까? 아니라면 삶에서 나오는 걸까? 만일 삶에서 나오는 거라면 나는 실패할 수밖에 없으리라는 생각이 든다. 삶이란 나에게 이미 없는 것 같다. 다만 시간, 내 앞에 놓인 시간만이 있는 것 같으니 저곳에 두고 온 삶이라는 게 있기는 있는 걸까? 잘 모르겠다. 다만 뭔가 있는데 지금 내 앞에는 없는 것이다.

—이십 년 전에 쓴 시. 그 시에다가 장사익 선생이 곡을 붙인다고 했다. 이십 년, 이라는 시간이 저릿하다. 그 시간 동안 얼마나 많은 일이 있었는가. 심지어 나는 공간을 옮겨 삶을 내리지 않았는가. 이십 년 전에 관계를 맺었던 많은 사람이 아직 그곳에 살고 있는 한 사랑은 끝나지 않았다. 장사익 선생은 62세란다. 그가 〈기차는 간다〉를 부르신단다.

2012년 1월 12일

—나이가 들면서 하나 안 것은 돌이키려고 뭔가 잘 마무리지

어보려고 시도한 모든 일이 일을 더 망친다는 거다. 가만히 이 시기가 지나가기를 기다리자. 나 스스로가 예술가로서 살 수밖에 없었고 앞으로도 그러리라는 것만이 나의 일인 것이다.

—사랑의 언어가 가장 폭력적인 언어 가운데 하나라는 것을 나는 어머니에게서 배웠다. 이 세상에서 가장 부러운 사람들은 언젠가 어머니와 화해하는 사람들이다. 어제 본 영화 〈말들의 미로〉에서 문학을 주고받는 두 사람의 사랑을 보았다. 그런데 그건 동화다. 누구도 누구를 나누어주지 못한다. 그건 문학을 나누는 것으로 믿고 있는 독자의 몫이지 작품을 생산하는 작가의 몫은 아니다.

—『섬』에서 장 그르니에가 썼던 말은 고독의 말이 아니라 댄디의 말이다. 시인들의 말도 그러하다. 그게 괴롭다. 그러나 저 말들. 말들. 저 소셜 웹에 등장하는 시인들의 말들은 얼마나 오랫동안 그들의 머리에 들어 있던 말일까? 저런 형식이

내용을 바꾸어버린다는 걸 잊어버린 걸까? 트위터라는 글 쓰는 방식이 마침내 당신들의 시를 지배하는 상황까지 도달하게 하지 마라.

—이번주가 지나면 본격적으로 일을 시작해야 한다. 두 가지. 번역과 독일어로 산문 쓰기. 천천히 어떤 무엇이 외국어인 독일어로 들어올 때까지 살아보자. 여기에 사는 이상 독일어는 지금 나에게는 현재, 이 공간에 나와 동시에 존재하는 생활어가 아닌가.

—아니라면 이 바람소리를 어떻게 해석해야 하는가. 바람이 부는 소리를 말로 듣는 나도 참 한심하다. 왜 가만히 서랍 속에 말들을 두지 못하고 이렇게 나와 있는가.

—술을 적게 마셔야 한다. 특히 낮술은. 이러다 죽을 거야.

—내가 속물이다, 라는 말, 옳다. Vian을 듣는다. 전후에서

1950년대 후반까지 활동한 유럽의 예술가들은 얼굴이 참 다양하고 그래서 다들 불행하다. 그것은 인간적인 불행이겠으나 예술이라는 아가리가 잡식성이라서 그런 것이다. 그것은 슬픈 것도 슬프지 않은 것도 아니다.

—글쎄, 뭐가 이렇게 사납게 나를 흔들어버린 것일까. 아마도 내가 두고 온 모든 것. 나는 마음이 다치기 쉬운 사람이니 떠나온 것이 더 잘한 일이었는데도 마음은 아직 이렇게 아프다. 그래서 힘들다. 하지만 나가자. 나는 그곳에 두고 온 것들이 사실 실체가 없다는 걸 잘 안다.

—왜 그곳을 이렇게 떠나오지 못하는가? 다만 이상하고 이상하도다.

—다만 나는 속물이라서 그래요. 고독을 고독이라고 표현하면 마음이 조금 헐렁거리긴 해요. 이제 그 주위를 떠나려고요. 이제 저는 떠납니다. 안녕히. 상처가 많다는 거 제가 그

렇게 생겨먹어서 그래요. 그래서 그게 들키기 싫어서 떠나왔는데 떠났다는 것과 죽었다는 것을 혼동하는 사람이 많다.

─내 운명은 나에게 뭘 주었는지 궁금하다. 나는 페소아보다 나이가 많다. 그게 두렵다. 그리고 울음만큼 힘든 건 웃음이다.

─요즘의 벗은 약 먹는 시간만큼 규칙적으로 나를 방문하는 우울한 날씨다.

─가끔 생각하지, 그대가 만일 나보다 먼저 간다면 나는 구십이 넘어 연시를 꼭 한 편 쓸 거라고. 사랑한다는 말보다 더 치명적인 말로 가득한 연시. 아직 한 번도 제대로 만난 적이 없는데 세월은 이만큼 가서 뒤돌아보니 갑자기 저녁이 와 있었다. 오늘은 바람 때문에 외롭지는 않았다. 떠난 사람을 죽은 사람으로 혼동하며 하루를 보냈다.

2012년 1월 15일

—오늘은 조용히 책을 읽을 수 있었으면 좋겠다. 진정된 마음으로 담담한 마음으로 그냥 책만.

2012년 1월 16일

—아, 아직 나는 쓰지 못하겠다, 너무 아파서. 나는 일어나서 컴퓨터 앞으로 매일매일 오지만 결코 무언가를 쓸 수 없었다. 다만 쓸 수 없었다. 너무 아팠다. 뭔가가 내 속을 건드리고 가면 너무나 아려서 숨쉬기조차 곤란했다. 언제나 그렇듯 나는 또 졌다. 시를 쓰면서 졌고 살면서도 졌다. 죽음을 준비하는 언어로 시를 쓰는 걸 보니 말이다. 이 고독은 언제나 그렇듯이 내가 만들어낸 것뿐이다.

—아무에게도 더이상 위로를 받을 수 없을 거라는 마음이 더 슬프다. 나는 이제 낡아져서는 안 된다.

—왜 이렇게 아무렇게 사는가?

2012년 1월 17일

—꿈을 적기로 마음을 먹었다. 꿈에 대한 모든 것을 문서로 작성하기로. 글도 그림도 음악도 삶도 일종의 꿈이 작용하지 않으면 아무것도 되지 않는다. 이 글이 시라는 형태로 나타날지 아니면 에세이라는 형태로 나타날지 아니면 그 두 개가 결합될 것인지는 모르겠다. 텍스트의 형식에서 자유로워지면서 그 안에서 노는 것이다. 그뿐이다. 글이 멈추어지면 그만이다. 글이 쓰이면 그것도 그만이다. 이제 읽고 쓰는 것 말고 나에게 남은 것은 없다. 내가 쓸 수 있는 모든 외국어도 그 표정도 이 글 속에 들어와야 한다.

첫 문장은 이렇게 시작될 것이다: 신발이 가지런하게 놓여 있는 것을 본다. 한밤의 신발장. 왜 신발장을 열어보려고 했을까? 잘 모르겠다. 몇 년 전에 신던 신발들이 그 안에는 들어 있었다. 이 신발을 신고 나는 어디로 갔다 왔다 했던 것일까. 신발 하나가 나에게 말을 걸어왔다. 나는 그 말을 모른 척했다. 그러자 그 신발이 꿈속에 나왔다. 이런 모습으로. 고야의 아틀리에. 나는 그 안에 서 있었다. 고야는 검은 새들이 엎드려 잠든 자신에게로 덮쳐드는 꿈을 그리고 있었다. 아, 그 신발을 신고 나는 고야를 보기 위해 마드리드를 갔던 것이다. 집시들에게 지갑에 든 현금을 다 강탈당했지. 그리고 프라도. 그 안에서 보았던 고야의 그림들.

창가에 서 있는 꿈을 꾼 적이 있다. 뒤에서 누군가가 나를 안았다. 돌아보니 숲이었다.

2012년 1월 19일

—내일이면 한국은 설 연휴에 들어간다. 설…… 주말과 다음주 화요일까지…… 설. 나는 이 설이라는 말을 들으며 오래 생각해보았다. 이게 나에게도 의미 있는 명절일까?

─도대체 이제 곧 오십이 되는 나이에 왜 이렇게 혼돈스럽고 시달리나. 뭐가 그곳에 있을까? 뭐가 도대체. 왜? 갱신은 되지 않고 딴생각만 많다. 그것은 나라는 인간이 속물이라는 것을 의미하겠지만 그렇다고 이렇게까지 마음이 힘든 이유는 무엇인가.

─문태준 시인의 새 시집에 들어갈 뒤표지 글 부탁을 받고 새 시들을 받았다. 우선 일별. 통풍이 잘되는 시. 좋은 시. 좋은 시라는 모범이 될 만한 시. 문득 문태준 시인이 혹, 러시아 시인들의 시를 많이 읽지는 않았는지, 하는 생각이 든다.

─분열하는 사람들. 페소아의 사람들. 멋지다. 어떤 식으로든 우리는 우리의 분열을 완성해나간다. 그건 시인의 특권이다. 아름답다. 그것만이 아무것도 가지지 못한 시인에게 주어진 것이다.

2012년 1월 20일

ㅡ누군가가 전화를 했다. 오겠다고 하는 모양인데 나는 알아들을 수가 없었다. 그런데도 나는 알아듣는 척했다. 그 사람은 자주 불쾌한 말을 하거나 신경질을 내는 사람이었는데 (참 그것도 그런 게 나는 그 사람을 전혀 그렇게 보지 않았다는 것이다. 그 사람을 몰랐다는 말. 조금 더 알게 되면서 그 사람의 가식이나 신경질에 대단히 불쾌한 느낌을 받았다는 느낌이 든 순간, 나는 그렇게 생각했던 것 같다: 이 사람이 뭐라고 하면 그냥 듣는 척하자.) 나는 그의 말을 그대로 들으면서 알았다고 했다. 다시 전화가 왔다. 후배 시인이었다. 누나, 나, 여기 부산이야. 그러고는 막 운다. 꺼이꺼이 소리를 내어가며. 보고 싶어. 나, 갈게……라고도 한다. 나는 가만히 듣다가 오지 마, 여기도 지옥이야!라고 했다. 꿈속에서는 ㄱ 시인이라고 생각했는데 깨어나니 ㅅ 시인 같았다. 또 잊어버렸다. 잠시 전의 꿈 그리고 잠시 전의 얼굴 그리고 잠시 전 내가 했던 말. 웃긴 건 아무 말도 생각나지 않는데 그 순간이 있었음은 기억난다는 사실이다. 누군가가 말했다. 그분처럼 잘사는 분

은 없어. 나는 말했다. 그분처럼 고독한 분 없어.

2012년 1월 21일

―어제 꾼 꿈. 어제 읽은 책들을 마저 읽으며 하루를 보내면 그 글 안에 들어 있던 수많은 꿈이 오늘밤에 나를 덮쳐오겠지.

2012년 1월 22일

―시력. 눈과 눈. 그러나 아무것도 모르던 시절만큼 아름다운 시절도 없었다.

―여름은 멀었다. 오렌지 꽃이 피는 마을을 지나왔다. 너에게서 편지가 왔다. 그 안에는 빈말들만 가득했다. 나는 빈 말을 타고 어디론가 멀리 다녀오고 싶어서 도시락을 쌌다. 술은 가져가지 않기로 했다. 빈 말에서 떨어지면 안 되니까.

—종이 등, 물, 강, 그리고 둥근 것들의 가장자리, 이 메타포가 가지는 아늑함, 끔찍함.

—내가 믿지 못하는 것은 다음과 같은 진술이다: 누구의 뭔가를 읽고 자신이 하는 일의 이유를 알게 되었다……라는 빈말. 도대체 일생을 걸고 지금까지 해온 일인데 타인의 진술에 의해 이유를 알게 되는 건 뭘까? 이건 아부거나 장난치느라 하는 소리. 나는 그 말을 믿지 않는다. 나는 단독자이면서 절대자이다. 내가 대면하고 있는 세계에서 빈털터리 모험가일 뿐이다. 제임스 쿡의 항해기가 재미있는 것은 그가 발견한 어떤 대륙도 그의 차지가 되지 못했다는 거. 발견한 자의 몫은 아무것도 없다. 세계의 가장 소중한 경험은 이것이다. 아고라에서 나는 추방당한 적 없다. 다만 시인이라는 자아가 아고라에서 나는 냄새를 견디지 못해서 코를 막고 등을 돌리고 있는 중이다. 왜 나는 어떤 사람의 글에서 위선만을 읽는가. 더이상 읽지 않아야겠다. 위선만 보이는 글들이 너무 싫다. 과장이 심하고 너무나 잘 보이려고 하고 다만 서

빙을 하는 인간의 표정을 그 글들은 가지고 있다. It is very beginnig of a badness.

—태준의 시에서 나는 하이쿠의 냄새. 그의 시들을 읽고 난 뒤 나는 운동화 끈을 질근 묶고 들판으로 달리기를 하러 나간다. 그 냄새가 너무 좋다. 이미 예감하고 있었다. 그가 그 길로 가리라는 거. 타인을 설득하지 않으려는 시적 태도는 너무나 좋다.

—반면 그 불편한 시들이 가진 가식의 냄새. 어느 시인의 시들은 그렇다. 너무 시를 쓰려고 하는 것. 그것이 시인을 자꾸 불편한 인간으로 만드는 것이다. 아, 나는 그를 경멸하는구나! 하는 수 없는 일, 아닌가. 인식이라는 것을 내버려두고 감성에만 의존하는 값싼 글들에 내 눈은 아프다. 그것이 진짜 아픈 거다.

2012년 1월 23일

—설날. 나는 치과에 갔다. 이를 두 개나 잃을 거라고 의사는 말했다. 하지만 최선을 다해보자고 말했다. 지난 일 년 동안 나는 일했고 사랑했다. 그리고 나 자신을 내버려두었다. 그 사이 내 잇몸은 약해졌고 이들은 괴로움을 당했다. 내가 나를 위하지 않았다는 게 아프다.

—이미 일어난 일인데 늦게 통보를 받는다. 이런 표현: 너무 많이 진행되었습니다.

—울적한 기분. 내가 십 년 만에 고향에 가자 모든 것이 삐걱거리기 시작했다. 남편도 아프기 시작했다. 그런데 여기에도 저기에도 나는 없는 걸 어떡해. 여기에 남긴 나의 뢴트겐 사진 몇 장만이 나의 정처를 보장해주나. 의사는 꾸짖듯 말했다. 몇 년 전에 제가 그랬잖아요, 그러면 이를 잃게 된다고. 그렇지. 들었다. 하지만 나는 의사의 말대로 하지 않았다.

2012년 1월 24일

─무엇에 이렇게 매달려 시달리고 있을까. 치과를 다녀와서 마음이 더 상해버렸다. 무엇이 나를 이토록 아프게 하는가. 그걸 잘 모르겠다. 그러니 미치겠는 거다. 너라고 생각해보았으나 그건 아니었다. 무엇일까. 이토록 마음이 상해서 세계의 모든 슬픔을 다 안고 있는 것처럼 죽어가는 꼴이라니!

2012년 1월 25일

─서리가 내린 풍경에는 다른 표정이 있다. 그 표정의 이름을 부르는 것이 오늘 내가 할일일 수도 있겠다. 무얼까, 날씨가 변하는 대로 이름이 달라지는 나날들은.

─영원과 찰나라는 두 극지방(어디가 북극인지 어디가 남극인지 알 수는 없지만). 이 두 극지방 사이에 일렁이는 일루전. 그것들이 단어들을 탄생하게 하는 어머니이다. 그러나 그건 내 눈이 사유해내는 풍경에 대한 일루전일 수도 있다.

─롤라라는 뮌헨 동물원에 살던 코끼리 아이가 죽었다. 심장 수술을 목전에 앞두고 있었다. 그 죽은 코끼리를 사람들은 코끼리 우리에 돌려주었다. 코끼리들은 싸늘한 아이의 몸 앞으로 와서 곡을 했다.

─그 많은 별 가운데 하나로 네가 작아지는 것을 지켜보면서 나는 내 자리로 돌아와 집안 청소를 한다. 그것은 좋은 일이었다.

─위로라는 말이 성립되려면 서로의 코드가 맞아야 한다. 나는 위로받을 일이 없는 사람 옆에 너무 오래 머물며 내가 그에게 위로를 할 수 있을 거라는 착각을 했다. 그것은 착각이긴 하지만 그래도 나쁜 일은 아니었다. 다만 그런 일이 자주 일어나지 않았으면 좋겠다는 마음으로 돌아왔다.

─오늘. 어제와 다르게 마음이 조금은 가뿐했음 한다.

—너, 보고 싶다. 너라는 복수, 는 그리움의 집합체이면서 나를 가장 유효하게 죽일 수 있는 살인 무기이다. 이럴 땐 장이지의 시집을 읽어야 한다. 아픈 날이면 아무것도 하지 않고 보르헤스를 읽으며 그의 만년을 아파해도 괜찮다.

2012년 1월 26일

—가장 유효한 번역의 길을 찾아야 한다. 그리고 그 번역을 실천해야 한다. 더이상 별에 대한 이야기, 여행에 대한 이야기만 쓰고 살 수는 없다. 고고학적인 상상력이 사실은 어떤 결정적인 아픔에서 도망치기 위한 전술이었음을 직시해야 한다.

—아무렇지도 않게 구겨버린 종이들을 펼치며 가만히 바다 물결을 바라보다가 더운 차를 마시며 잠들기. 더이상 누군가를 원망하거나 자기 비애를 사랑하거나, 그리고 서리 내린 언덕을 한참 바라보거나 하지 말기.

—언제나 혼자인 채로 오래 살아왔는데 이제 그 혼자임을 싫어한다면 지나간 시간은 뭐가 되니? 싫은 거 꾹 참고 있었던 시간?

2012년 1월 31일

—너희들, 모두, 다 보고 싶다. 하지만 나는 저 숲과 약속을 했고 지나간다. 그 약속을 지키기 위해 내 삶의 황폐함을 안고 지나간다.

2012년 2월 5일

—시작 메모를 하지 않고 일주일쯤 지냈다. 책만 읽었다. 책 속의 내용들이 머릿속에 가득하지만 그러나 이쯤해서 지난해는 날아가지 않았을까 싶은 나의 마음은 한가롭다.

—왜 이 차가운 겨울은 말없이 쩡쩡한가. 이 침묵 속에 든

고함소리들을 얼음 밑에 흐르는 물처럼 내버려두고 싶기는 하다.

2012년 2월 14일

—긴 메일, 읽으면서 참 우리는…… 형철의 말대로 『느낌의 공동체』에 함께 사는 우리는 어쩔 수 없구나 하는 생각이 들었다. 문지라는 곳이 그래. 나는 김현 선생님이 살아 계실 때 (1980년 후반) 그곳에 처음 들렀지. 선생님을 뵌 건 한두 번. 김병익 선생님이 계실 때 나는 한국을 떠나왔지만 언제나 문지는 나의 고향 같은 곳. 그곳에 희경이 일하는 건 우연이 아니지 싶다. 회사가 어렵지? 가끔 나도 두려워, 문지가 문을 닫을까봐. 하지만 그런 일은 일어나지 않겠지. 그러길 바라. 문지의 아름다움이 절실했던 한 시절을 통과했던 한 글쟁이로서 하는 말이야.

—요즘에 내가 읽는 책은 Jonathan Littell이라는 작가가 쓴

『Les Bienveillantes』(2006). 이차 대전중 가장 혹독한 살상과 전쟁이 일어난 러시아와 동유럽의 이야기. 유럽의 독재자들은 러시아를 손에 넣기 위해 여러 번 정복 전쟁을 시도하지만 번번이 실패하지. 그게 유럽의 한계일 터이고 인간의 한계일 터이지만 이 기괴스러운 역사의 한 장면을 읽다보니 너무 많이 가지려는 자들이 어떻게 역사 속에서 패배하는지가 너무나 선명하게 드러나 통쾌하기 그지없어. 헤르타 뮐러의 책들을 읽을 때와는 아주 다른 느낌. 이 이야기는 피해자가 피해자의 관점으로 쓴 것이 아니라 가해자가 토로하는 글이니까. 그래서 제목도 그래. 나는 이 깊은 겨울에 왜 장장 1,400페이지에 이르는 이 책을 읽고 있을까, 하고 생각해. 그건 아마도 인간형이 변하지 않으면 문학이 새로 탄생하지 않을 거라는 생각 때문이야. 우리는 느낌의 공동체를 살아가면서 너무 우리 비슷한 것과 가까이했다는 생각, 들지 않니? 나는 그 느낌 때문에 고향을 떠나는 결단을 했는데…… 생각해보면, 왕도란 있을까, 문학에? 누군가는 끊임없는 여행을 하고 누군가는 평생, 자신이 나가본 적이 없는 서재에서 꿈을 꾸지.

이런 대화를 기억한다……

누구: 떠났어요?

다른 누구: 뭐라고 했어요?

누구: 떠났어요?

다른 누구: 예. 그리고 울었어요…… 이제 이 세기에 내가
가진 영혼에 대해 아무런 처방이 없어서…… 이건 의학적인
고찰이 아니라 예술에 대한 생각의 거울이에요……

난 잘 모르겠다.

바람이 불 때마다(지구는 움직이는 별이니 바람은 일상사)
나는 모르는 언어의 저편을 향해 아주 어린 열매의 속살을
처음 본 듯 낯설고도 황홀해서 아주 기어드는 목소리로 중얼
거린다……

아직 모르겠어요, 이유를, 내가 왜 이곳에 있는지…… 당신의 숯불에서 구워낸 한 인간의 살점을 앞에 두고 나는 다만 식욕을 잃어버리기를 바라지요……

감각이 재즈에 닿아 있다니 정말 즐거운 소식.

2012년 2월 22일

─어쩌면 그렇다. 아무것도 온전하게 지속되는 것이 없다는 걸 알면서도 지속되기를 바란다. 시오랑을 읽으며 그런 생각을 한다. 이 도저한 절망에 대한 기록은 전세기에 일어난 일이었을까? 누군가는 좋아서 미치겠다는 말을 한다. 그건 좋은 일이나 이해할 수 없는 일이기도 하다. 나는 나의 이기심만큼 이 세계의 이기심을 이해한다. 그리고 그 이기심 앞에 삶을 살아가려는 욕망을 읽을 수 있어서 좋다.

─적막하다. 그것에 매달려 살 수는 없다. 『마의 산』을 읽기

시작하면서 병과 과오와 광기에 대해서 생각한다. 한스 카스토르프는 정말 저 산을 벗어나려나.

2012년 2월 27일

—너는 관을 보는 걸 좋아하니? 나는 관을 보는 것을 아주 좋아해. 빈 관은 아름다운 가구일 뿐이야. 하지만 누군가가 그 안에 누워 있다면 내가 보기에는 금방이라도 축제 기분이 나는 거야. (토마스 만, 『마의 산』)

2012년 4월 28일

—결핍, 부족, 부재, 절망, 불안, 우울. 이런 말들을 다 나열하고 나면 내가 보이니? 사유의 부족이 사랑을 오해한다, 라는 말을 적어놓고 보면 그리움이 사라지는가?

—사유의 부족이라는 말 뒤에는 다만 안전에 대한 비겁함이

보이지. 이건 예술가의 말은 아니다.

—하얀 풍선이 하늘로 솟아오르고 머리에 꽃을 꽂은 여자가 일요일 아침에 흘러가는 강물을 바라보았다. 비가 오는데 아무도 우산을 쓰지 않는 일요일.

—그는 갔다. 거름 빛이 남았다. 간 자리를 그는 잘 익은 술 한잔으로 마무리하고 싶었는지 모르겠다. 내가 그 자리의 뚜껑을 열었을 때 빛의 고요가 그 안에 검게 자물려 있었다. 너의 말이 남긴 밭은 검고도 아파서 나는 그 거름 빛을 선뜻 내 마음 밭의 잎들에게 줄 수는 없었다. 아린 자리를 어루만지는 빛 속으로 나는 내 생애의 한 문장을 중얼거렸다. 사랑한다, 이렇게 고여서 고약이 될 만큼 거름은 검고도 진득하다.

—먼바다로 가서 돌아오고 싶지 않은 눈송이들이 식은 고등어의 살점에 떨어진다. 어떤 바닷가에는 피지 않은 연상앗빛의 태양. 내 꿈의 한 모서리.

2012년 5월 8일

─오월의 빛 속에서 소포를 부치고 돌아와 파울 첼란이 번역한 『만델스탐』을 읽는다. 이 전세기의 시인은 시베리아에서 죽었다. 수용소에서 죽은 시인, 살해당한 시인, 무엇을 보자고 세계는 시인을 그렇게 죽였는지 모르겠다. 이 세기에도 어디에선가 시인들은 살해당하고 있을 것이다. 오월 봄볕을 쬐며 막 돋아나오는 깻잎의 싹을 오래 들여다보며 이제 오지 않을 사람의 그림자가 저편 하늘로 가는 것을 보았다.

─박준 시집의 해설 제목을 '준이를 위한 발라드'라고 붙이는 건 어떨까.

─어느 날 꿈속으로 나미비아에 사는 사막 코끼리들이 들어왔다. 소리 없이 지나갔다. 믿어지지 않았다. 수십 마리의 코끼리떼가 지나가는데도 소리 하나 나지 않는다.

─빛 속으로 사라져 들어가버린 그 무엇에 붙잡혀 있다. 알

160

릴 수 없는 것들.

─가벼워지자. 발랄해지지야 않겠지만……

─죽은 시인들의 시를 읽고 있는 봄날이 가다가 멈추고 나를 물끄러미 바라본다, 라고 생각한 순간 나를 바라보는 것은 지나가는 봄날이 아니고 그날에 내가 붙잡지 못한 언어라는 생각이 든다.

─Patricia Parinejad, 〈Trees│Absence〉
있으면서도 없는 나무. 빛 속에서 사라져가는 정신 같은 나무. 우는 나무 속에 살던 여자.

2012년 6월 12일
─아주 오래전에 네가 이어폰으로 들려주던 노래를 콧노래로 불렀다. 슬픔이 이렇게 적요하고 아름다운 것이구나. 너

를 보지 못하고 사는 건 이렇게 거대한 느낌의 축복이었구나. 내가 당신을 당신이라고 부를 때만 이 귀퉁이에 당신은 있다. 그리고 내가 불렀던 당신은 가난한 어깨를 가진 사람이었다. 그 시간 동안 핀 꽃들은 둥근 가장자리를 가져 머나먼 기차 멀미를 하고 햇살은 찾아왔다고. 눈물만큼 둥근 것이 이 세계에 있다면 당신, 아주 둥글게 한 번만 와다오. 지구처럼 우리가 볼 수 있는 이 세계의 익명 아닌 별의 이름으로 당신을 낳아준 이가 당신을 명왕성 화성 금성 혹은 그 너머의 울트라를 위한 이름을 주었더라면 당신의 생물학적인 기호로부터 내 시가 탄생했더라면 우리가 몸이 아니라 추상화였다면 우리가 여름 속에 들어온 푸름이 아니라 푸름의 울음인 붉음이라면.

2012년 7월 1일

─아주 오랫동안 글로 들어오지 못했다. 첼란을 번역하는 나날 동안 아무런 글을 쓰지 못했다. 여름 정원에 장미 세 그

루가 새 식구로 들어왔고 백합도 왔다. 어제는 젊은 첼란이 부카레스트를 떠나는 장면을 백합 향기 속에서 읽었다. 첼란 번역 동안 나의 시들이 조금은 달라질 것 같다는 생각을 했다.

—여름 정원에서 보고 냄새 맡고 느낀 것들을 쓰고 싶다. 다시 과일과 채소를 노래하는 시로 들어가고 싶다. 오이 호박 가지 자두 과일 오렌지 복숭아 귤 매실 등등. 매실청이 익어 갈 때 한 인간은 그 병 안에 든 작은 매실을 보면서 어떤 생각을 할까. 매실이 제 향과 맛을 설탕에게 내어주면서 매실청의 세계로 들어가는 일은 시간에게 무엇일까. 오이, 아직 길은 제대로 나지 않아서 오이 덩굴의 손은 하늘을 더듬다가 노란 꽃을 투둑 피우기 시작했다. 오이 향이 나는 저녁에 바다로 산책을 나간 새들은 바다 향을 데리고 마을로 돌아왔다. 자두, 붉은 것들은 그냥 붉은 것이 아니다. 푸른 울음이 붉게 변한 것이다. 언젠가 누군가 돌아오리라고 생각한 수많은 순간에 나는 고개를 숙이는 것이다. 하루종일 할 수 있

는 것이 없다. 햇살 속에서 잘 마른 빨래를 걷어들일 때 우는 순간을 기억하는 것은 무엇이었을까. 언어가 새로워지지 않을 때는 살면서 쓰고 또 살면서 쓰는 것 말고 내가 할 수 있는 일이 없는 것이다.

—여름 정원의 화두: 저 빛은 이렇게 모인다. 붉은 연분홍 그리고 푸른 잎들. 나는 불구인 채 날아오르는 작은 새 한 마리를 본다. 화려한 여름 정원의 푸른 무리는 저녁밥 먹고 여름 여치를 보러 가는 나와 함께 여름을 혁명하려 한다. 안부를 묻다가 크게 다친다. 이 여름 그대의 안부를 나는 물을 수가 없다. 그러다가 나는 다쳐서 이 여름을 불구로 보내야 하므로.

2012년 7월 2일

—여름 정원은 눈부시다. 자두에 대해서 꿈을 꾸었다. 자두가 익어가는 계절이다. 속살에 설탕 분이 꿈을 꾼다. 쓴 어린

것들이 익어가면서 나오는 저 분은 눈처럼 자두 속에서 내린다. 자두 속에서 단 빙하기가 시작된다. 그 빙하기를 한입 깨물었을 때 빙하기 한가운데에 꿈꾸는 여름이 잇속으로 들어왔다. 이것은 말 이전에 시작된 여름이었다. 여름의 거울이었다. 설탕 분으로 이루어진 거울의 여름이었다.

—Engführung 번역 끝났다. 숨가쁘다. 첼란의 언어들이 가지는 스트레토. 금속학과 식물학을 가로질러 자아내는 단어들…… 이것으로 세번째 시집 첫번째 번역 끝남. 머리는 아프고 너는 없다. 너는 없다. 잘 지내라, 아가야.

—언어들은 변덕을 부리고 싶어서 부리는 게 아니다. 푸른 들판에서 살고 있는 푸르고 작은 곤충에 대해서 생각한다. 그놈은 이 들판에서 사는 삶이 외로울까? 도대체 그놈들의 삶의 의지는 나와 얼마나 다르고 같을까?

—단어와 단어의 결합. 그곳에서 생겨나는 석 삼의 이미지.

그건 놀랍다.

2012년 7월 3일

―아픔 속에 맑은 물처럼 고여 드는 말. 그것은 작년에 내가 쓴 수박의 말이었다는 걸 알겠다.

―오늘 네번째 시집 『누구도 아닌 이의 장미』 번역을 시작했다. 염두에 둘 것: 이 시집에 등장하는 수많은 이미지는 첼란의 유대인의 존재에서 나온다는 것. 넬리 작스로 대변되는 한 축과 만델스탐으로 대변되는 다른 한 축이 교차되고 있다는 것. 그러나 이 모두를 염두에 두는 것은 소용없다는 것. 첼란의 언어는 다만 첼란이라는 시인의 절대적인 언어라는 거, 삶의 순간순간에서 나온 이를테면 벌겋게 달아오른 어떤 혼합 금속이라는 거.

2012년 7월 4일

─어제 아도르노를 읽다가 생각한 것. 돈으로 환원되는 글쓰기의 덫에서 우리는 나올 수 없는 것이다. 이건 예술가를 생활인으로 바꾸는 것이지만······

─너라는 특정인의 부재가 견디는 시간을 고통스럽게 하지는 않는다. 고통스러운 것은 너를 더이상 볼 수 없을 거라는 예감이다. 이게 시다. 시란 무엇인가. 도대체 시적이란 어떤 상태인가.

─번역이라는 것이 오리지널 텍스트를 읽지 못하는 독자들에게 유효한 것인지? 그것을 물었던 사람 가운데 하나는 벤야민이었다.

─풀밭의 별, 그 호사스러운 여름이 부려놓고 간 말들. 그 말을 해독하는 것이 이 여름의 일.

―잠이 들기 전 찾아온 말들이 다 사라졌다. 그 말들은 무엇이었을까.

2012년 7월 5일
―고독이 버릇이 되니 고독하지 않으면 짜증이 난다. 고독은 내 존재의 방패막이다.

―스페인 출신의 민달팽이가 내가 심어둔 단호박 잎을 다 먹어버렸다, 심지어 가는 그 뿌리마저도.

―집중이 되지 않는 날, 나는 나를 위협한다. 곧 일을 못할 시간이 찾아올지도 모른다고. 말을 잃어버리는 것은 아플 때이다. 정말 몸이 아플 때, 그때 말은 정말로 힘겹고 무겁다. 머리는 그렇지 않다. 너무나 많은 것이 빠르게 지나간다. 그 지나감의 충격이 말을 무겁게 하는지도 모른다.

―여름 들판에 핀 별들 귓속에 넣고 들어온다. 눈 속에 넣고 들어온다. 바람이 먼 가지에서 왔다. 새를 데리고 왔다. 노란 꽃, 모감주나무, 그리고 조금 먹은 점심의 붉은 이파리들이……

―힉스입자. 신의 입자 덩어리를 만들어주는 우주를 탄생하게 한, 있으면서도 없는 것. 그것이 우리를 태어나게 했다니! 입자가 발견되었다는 것을 발표하는 곳에서 힉스 박사가 울고 있는 것을 보았다. 육십 년 전, 그는 그 입자가 있다고 주장했다. 그리고 힉스입자는 있었다.

2012년 7월 7일

―어젯밤, 나는 며칠의 불면으로 그렇게 피곤했다. 그리고 너는 내 꿈에서 일그러진 말과 얼굴로 나타났다. 나는 네가 일그러진 얼굴과 말로 나타날 만큼의 고독 속에 있는 것이다. 현실은 얼마나 다를 것인가. 그리고 당신의 '나의 외국에

서의 존재'를 모를 것이다.

—너의 음성을 밤이 깊어갈 무렵 들었다. 멀리서 술 한잔하
자고 여름 들판이 나에게 보낸 소식 같다. 나는 그 소식을 머
리맡에 놓아둘까, 아님, 공기의 널널함 속에 놓아둘까 고민
중이다.

—우리의 운명은 우리의 가장 긴밀하고도 민감한 곳을 팔아
야 하는 것이다. 너는 이 세기의 운명에서 놓여날 수 있니?
너는 팔려야만 존재한다. 팔리지 않으면 너는 존재하지 않
는다. 나는 발터 벤야민이 점성가라고 생각하는데 무섭다.
나는 예술가로서 팔리지 않는다. 즉, 그러니 나는 존재하지
않는다. 청중이 무섭고 낯설다. 이런 생각을 할 때쯤이면 오
븐에 머리를 박고 죽은 한 여인이 생각난다. 그러나 그것조
차 한 진실일 뿐.

—그러나 너무나 중요한 것. 이 여름의 자연은 아름답지 않

니…… 이 식물들의 환하고도 울고 싶은 열정! 여름 밭에 든 별을 세다가 잠을 잔다. 그리고 그 잠에서 깨어나면 나는 아직도 말을 잃지 않은 사람이었으면 좋겠다……

2012년 7월 15일

─아직 여름이 아닌 여름 속에 아직 별이 아닌 별 속에 나는 나의 시적인 거짓에 기대 여름 태양을 본다. 저 멀리 날아가는 새가 외국어로 붙여진 이름을 가졌으나 나는 너에게 언제나 외국 아니었나. 너의 가난한 영혼은 참으로 견디기 힘들다. 하지만 이런 방식이 여름을 견디는 편지이기도 하지. 내 아궁이에서 끓었던 국들은 이 여름에 차마 소용없다. 여치의 다리에 묻은 간장 자국을 어찌할까……

2012년 7월 31일

─만일 당신이 파울 첼란을 독일인 시인으로 알고 있다면 그

것은 착각이다. 그는 독일어로 시를 쓴 프랑스인이다. 이것은 약간 설명이 필요하다. 그는 단 한 번도 독일에 살아본 적이 없다. 빈에서 정착하기를 원했으나 결국에는 프랑스로 왔고 그곳에서 가족을 가졌고 시를 썼고 번역을 했고 그곳에서 자살했다.

2012년 8월 1일

—삶이 이제 더이상 변하지 않을 거라는 생각 앞에서 어떤 일에 몰두한다. 이것이 마지막 일이라도 되는 양. 그리고 마지막으로 할 수 있는 일은? 여전히 해왔던 일을 계속 하는 것. 시를 쓰고 생각하는 일.

—여름이 다시 왔다. 아니 온다고 한다. 어질러진 집안이 무겁다. 정원은 빛으로 가볍다. 나비의 뼈라는 단어를 오래 생각했다.

―거리가 그리 멀지 않은 곳에 살 수 있어서 조금은 자주 만나서 밥도 같이 먹고 차도 술도 같이 나눌 수 있는 삶을 살았으면 하는 마음이 깊기는 하지만 돌이킬 수 있는 무언가가 나를 끌고 왔다. 그리고 나는 지금 내 삶이 나쁘지 않다고 생각한다. 가끔 만나니 너는 참 좋다.

―길 건너에 네가 서 있는데 나는 거리의 인파 속에 나를 밀어넣었다. 사라졌다.

―다시 우주인 페소아를 읽는 시간이 있었으면 좋겠다. 한 인간이 자신의 정체성의 비극 속에 온 일생을 다 바친 기록들은 무섭다. 나는 싸구려가 아니었으면 하지만 어쩔 수 없이 싸구려다.

―꿈을 자주 꾸어서 꿈을 주제로 뭔가 쓰고 싶다는 생각을 하는 모양이다. 꿈 아니면 다른 길이 없어서? 아니다. 지금 내가 살고 있는 이 세계가 꿈속이라는 느낌 때문인데 어딘가

에 있는 평행우주에서 누군가가 나를 지켜보는 느낌.

―애타게 그리워하던 마음이 사라진 자리에 아직 아무것도 없으나 지금 내가 생각하는 것: 태양은 그늘을 우리에게 가르쳐준 적이 없다. 죽음을 반성하게 만들지도 않았다. 예술과 서브 예술 사이에는 커다란 간격이 있다. 읽고 쓰는 일. 언어라는 것이 본질적으로 우리에게 어떤 성찰을 마련하는지 사유하지 않는 언어예술을 가장한 멜로드라마들이 내 적이라는 생각. 그것은 나를 쉽게 유혹하므로. 쉽게 유혹해서 내 자리에 서 있는 나를 몇 년이고 흔들어버리는 것.

―오늘 생각한 가장 시적인 모티프는 쓰레기이다. 쓰레기를 버리러 가는 군중 앞에서 나는 내 외모를 생각했다. 버리는 것, 버릴 자리가 마땅하지 않은 금세기의 문제는 무언가를 버릴 때 외모를 생각하는 것이다. 내 마을 사람과 나는 너무나 다르게 생겼다. 그것이 나의 불안이다.

─멘토, 구루로 사는, 돈을 버는 모든 사람이 싫다. 나는 힘 없는 시인일 뿐.

─오늘 나의 일은 초록이 얼마나 무성한지, 그 무성함은 얼마나 아름답고도 참혹한 시간을 살게 하는지 생각하는 것. 가을이 오면 그 시간들 앞에서 나는 얼마나 솔직하지 못한 언어의 욕망에 시달릴 것인가.

─예술가로서의 자의식이 일상에서 무너지면 질수록 나는 예술가이다. 나는 언어예술가로서 나를 반성할 메디움을 찾지 못한다. 그것이 언어예술가의 운명이다.

─당신, 시간이라고 말했나? 나는 그 말을 영원히 고쳐 쓰고 싶다. 순간이라고……

2012년 8월 9일

─여름의 장례식

　우리의 팔이 우리에게 닿는다면

　둥글어진다는 걸 나는 묘지 근처 교회당에서 흘러나오던

　종소리를 들으며 알았네.

　한 무리의 사람이

　서로 포옹을 하며 서 있는 것을 보면서도

　나는 그들이 같은 장례식에 참여하는지를 몰랐네.

　그들의 검은 팔이 안던 둥근 시간

　그들의 검은 다리가 안던 푸른 나뭇가지를

　나는 알아보지 못했네.

　당신의 입술은 황금빛 구름의 가장자리

　나는 삶의 노래가 흘러나오던 곳에서

　붉은 자두의 살 같은 시간이 흘러나오는 것을 보았네.

당신, 우리의 살점 속에서 살아갔던

모든 우주인을 기억해야 해.

우리 삶의 감각이 이토록 그들과 달라서

우리가 그들을 이해할 수 없었던 순간

기억해야 해.

잘 가, 라고 말하는 순간

얼마나 깊숙한 고요가 당신을 안아서

빛의 아기를 낳고 싶어하는지

침묵의 아이

혹은

우리가 가보지 못했던 먼 화성의 사막을 걸어가던

붉은 코끼리 같은 농담 같은 거친 피부를 향하여

내 모든 꿈속에서 하하, 웃던 사람,

2012년 8월 23일

─너라는 시계는 아름답다.

이 시간, 나는 하릴없이 국밥을 먹는다.

오전 9시 38분.

이 시간은 국밥을 먹을 시간이 아니다.

이 시간은 구겨진 몸이

겨우 먹이 아닌 저녁의 이념을 찾을 때,

국밥을 먹으며

나는 지난해에 온 눈을 생각했다.

미친 듯 당신은 내 얼굴을 향하여

당신의 생을 바쳐서

나는 가만……

먼바다가 우리에게 바치는 바지락칼국수를 생각했다.

너…… 모든 종교는 바다에서 죽어야만

우리는 이 전쟁을 피한다.

이 전쟁을 피해야만 맑은 장미의 눈물을 받아

어느 호박을 따던 손길이 낙엽 같은 깻잎을 모아

(아, 누구는 이 깻잎을 낙엽이라고 말했네.

씨앗이 아니라 잎만을 수확하려 했던 인간의 입을 말했네.)

오후: 아직 저녁이 아니야.

저녁: 당신의 가장 어두운 곳에 당신의 성기가 아니라 맑은 날씨가 서 있기를 바란다. 우리는 인간이 지어낸 마을의 범죄자가 아니기를 바란다. 정치의 꽃을 돼지껍질로 정치의 딸이 기자실을 방문할 때 파이팅! 파이팅!

결국 나는 권력의 시종, 나의 아름다움에 대한 모든 절명은 권력에 의해 맨 마지막 양말을 벗을 수 있다.

—시작 메모

2012년 8월 28일

─가을은 멈칫 발을 멈춘다. 나비가 텃밭에서 따온 채소로 만든 빛의 밥상을 이고 밭둑에서 잠시 쉬고 있기 때문. 그 가벼운 밥상을 사랑하는 여름은 그 안에서 가을이 오기 전을 쉬고 있다. 가볍게 울어버리는 밥상 옆에서 밭의 일을 잊어버린 사람 하나 쉬고 있다.

2012년 9월 20일

─아직 날이 밝지 않았을 때 깨어난다. 안개가 벌써 와 있다. 너, 라는 대상에 대해서 사유하는 일은 사랑이거나 혹은 증오이거나 하는 감정의 상태이겠지만 결국 너는 밝혀지지 않는다. 명랑한 탐정소설에 등장하는 모든 죽음에는 피가 없다. 잘 만들어진 회에 생선의 피가, 잘 만들어진 고기에 짐승의 피가 빠져나간 것처럼. 탐정은 커피를 마시며 진을 마시며 배달해온 자장면을 먹으며 살해를 분석한다. 이것이 문제다. 문제는 있는데 피가 없는, 이것이 문제다. 피가 없으면

서 정의되는 아픔이 문제다. 벽 없이 교통한다고 믿어지는 모든 통신이 문제다. 나는 당신에게로 가기 위해 단 한 번도 차를 몬 적이 없다. 나는 텔레파시로 당신에게로 가는데 당신은 피 없는 내 방문을 알은척할 수 없다.

―새벽 다섯시. 오늘은 9월 20일. 나는 창문을 열고 안개가 낀 거리를 바라보았다. 문득 산책을 주제로 한 글들을 몇 편 쓰고 싶다는 생각을 한다. 언어가 나오지 않은 순간까지 밀고 나가야 하는 것이 시를 쓰는 일이다. 아마도 이 고립은 그래서 내 생애를 점령한 것이리라.

2012년 9월 24일

―누군가가 절필을 했다는 소식을 신문으로 읽는다. 그간의 사정이야 나는 짐작도 할 수 없지만 절필이라는 극단적인 방법으로 뚫고 나가야만 했던 그 앞에 있었던 바리케이드는 무엇일까, 가 문득 궁금해졌다. 그건 살겠다는 말이지 죽겠다

는 말은 아니었을 것이다. 그가 쓴 책이 싫은 이유는 아마도 읽기가 너무나 쉬워서일 것이다. 이 묵직한 슬픔의 벽돌, 그리고 창밖에는 의지 없는 자연의 바람이 분다. 아, 아직 오지 않은 이들의 소식을 이생에 더이상 들을 수 없을 것 같은데 하하 웃는다.

—산책길에서 고슴도치를 본 적이 있다. 가을이 깊어갈 시골 마을. 독일. 고슴도치는 그렇게 천천히, 천천히 걷다가 화들짝 나와 눈이 마주쳤다.

2012년 10월 16일

—구월은 공사장과 함께 훌쩍 지나가버렸다. 다시 내 자리로 돌아와버린 것들을 생각한다. 노마드의 삶이 좋다는 생각을 하면서 오래된 물건들을 공사 와중에 버렸지. 버리지 않을 만큼 지니고 사는 것. 걸으면서 사는 것.

―하이데거를 계속 읽다보면 답이 나오는 몇 가지가 있을 것이다. 삶이라는 추상적인 명사 대신 시간이라는 구체적인 명사로서 존재를 정의하는 것. 그때 존재가 뚜렷해지는 것. 즉 시간만이 있을 뿐. 존재는 시간의 부산물이라는 것. 혹은 시간이 만들어가는 무엇이라는 것.

―너는 바라볼수록 작아진다. 내 눈은 그대로인데 너는 작아진다. 너와 내 눈 사이에 시간이 흘렀다. 모르는 일들은 시간 속에서 과일이나 채소, 바람이나 뜨거운 고기가 되었다. 나는 모른다. 너와 나 사이에 있는 강물은 천 번을 흐르다 말고 이제, 이별이니?라고 물었다. 그럴 때마다 바람 속에서 나온 것들. 이를테면, 너는 다람쥐어서 뒤가 아팠고 나는 새여서 앞이 아팠다. 저 직사각형의 관이 우리의 미래일 때 나는 아주 둥근 불을 사랑하나 내 사랑은 언제나 나의 것이 아니어서 나는 직각의 마지막을 영접할 것이다. 그것은 나쁘지 않다. 하지만 너여, 네 손가락은 긴 초승달처럼 길고도 둥그스름했으면. 내 앞에서 노래하다 사라져간 모든 바람을 추억

하다가 깊은 대양의 의지 없음을 생각한다. 혹독한 숨……
그리고 우린 얼마나 짧고도 지루한가. 그때 아주 깊은 숲이
많은 죽음을 안고 조용했으면…… 뉴스의 숲이 시끄러워 나
는 정신병원에서 이 년이나 살았으니 나의 숲이여 아주 늙은
꿩의 느릿한 눈이 되어 모든 전쟁이 가만히 숨을 들이쉬며
깊은 아궁이로 들어가는 인간의 날에게 긴 편지를…… 죽음
을 눈앞에 두고도 내 존재를 알아볼 수 없었던 비극의 한순
간의 숨에게.

—당신, 나는 당신이 지네의 걸음처럼 그렇게 느리고 독 깊
었으면 했다. 여긴 사막이다. 내 천막의 침대 밑으로 기어든
검은 독충이 내 잠을 찌를 때…… 울지 마라, 내 안의 가장 깊
은 악기여. 불가능만 생산했던 나의 뜨거운 악기는 저 오십
년 전의 불가능을 오늘의 가능으로 끌고 온 별의 소행인지도
모른다.

2012년 10월 17일

─얼음 창고로 갔다. 오솔길. 낯선 산책자. 얼음 창고 앞에서 잠시 서 있었다. 우연하게 나는 이 창고를 만났는가? 떨어진 것을 밟는 일이 섬뜩한 가을이다. 세계가 원처럼 보이면 좋은데 세계는 아주 자주 삼각형이나 사각형이나 마름모로 보인다.

2012년 10월 18일

─기온이 올라가자 기분이 좋아졌다. 라면을 하나 끓여 먹다가 지난 계절에는 아주 많은 술을 마셨다는 생각을 했다. 이 가을에는 책을 많이 읽어야지, 시를 아주 많이 써야지, 라고 생각했다. 토요일에 올 손님들을 생각하며 웃었다. 몸속의 리듬을 끄집어내어 햇빛 아래에 말려야지, 라고도 생각했다. 외톨이인 것이 겹다, 는 생각보다 더 사랑스러운 생각은 없었다. 이제 이 세계에서 아는 사람들의 숫자가 점점 줄어가는 것도 나쁘지 않았다. 스윽, 지워버린 유리창의 낙서처럼

스윽, 그렇게 이 세계를 빠져나가는 것도 그다지 문제일 것은 없었다.

—하이데거를 읽는다. 햇살이 그다지 나쁘지 않고 유한한 삶을 살고 있는 불안에 대해 생각하다가 페소아를 읽는다.

—빨래를 하다가 잊어버린 사람이 문득 떠오르는 것은 얼마나 큰 축복인가. 아직 그 사람이 날 떠나지 않았네, 그 자리가 그래서 눅눅했네. 그래서 햇살 아래 빨래를 말리면서 그 사람 생각이 났구나.

—이상한 나라의 앨리스의 첫머리. 소녀는 언니가 읽는 책을 보려고 했으나 그림과 대화가 없는 책이라 실망한다. 도대체, 그림과 대화가 없는 책이 무슨 소용이람! 아마도 환상은 지루한 책을 읽을 수 없다는 의식에서부터 생겨나는지도 모르겠다. 심심함. 그곳에서 가장 기이한 환상이 시작된다.

―늙은 포도나무를 태웠다. 불 속에서 그동안 포도나무를 다녀갔던 포도송이들이 나왔다. 불 속에서 그동안 포도나무를 다녀갔던 바람, 햇살, 비, 눈이 나왔다. 계절처럼 죽자 싶었던 철새들도 나왔다. 대륙을 건널 때 목적지에 이를 때까지 한 번도 쉬지 않는다는 철새들이 떠올랐다. 포도나무가 사랑하던 것은 무엇이었는지 몰라서 의지를 모르는 것은 나쁘지 않아서. 포도나무를 태우자 별들이 마구 쏟아져나왔다.

2012년 10월 21일

―어제는 손님들이 다녀갔다. 유쾌한 사람들. 유쾌하나 진지한 사람들. 나이가 들수록 그런 사람들이 좋다.

―안개가 서서히 사라진다. 어제 희경이와 근혜가 결혼을 했는데 나는 오늘이라고 알고 있었네.

―한국인이라는 말이 어색하다. 나는 한국인이다. 나는 아

니다. 나는 한국어로 글을 쓰는 사람이다. 아니 나는 나로 글을 쓰는 사람이다. 내 모국어는 내 모국어일 뿐이다.

―앉아 있거나 서 있거나 아니면 울거나 웃거나 그냥 나는 이 가을에 말라가는 옥수수밭가에 서서 안개가 걷혀가는 하늘을 바라보았다. 창공의 별들은 얼마나 많은지 별빛 사우나.

―누군가의 성공에 질투를 하는 것은 내 삶에 대한 불만 때문인지 아니면 그냥 욕심 때문인지 곰곰이 생각한다.

2012년 10월 23일

―어제 하루종일 아무것도 할 수 없었다. 요가를 하러 갔다가 돌아오는 길, 밤안개와 마주쳤다.

―모든 사물과 나와의 관계가 언어로 환원될 수 있다면, 그렇다면, 그렇게 되는 것이 가능하다면.

2012년 10월 24일

—시를 쓰는 일은 과연 인생을 걸고 내 일이라 여기며 살 수 있는 일이었을까? 확실한 하나는 언제나 시를 떠났다가 돌아오고 다시 떠났다가 돌아오기를 거듭한다는 것이다. 그리고 언제나 시라는 것을 생각하면 멍해지고 아프다는 사실이다.

2012년 10월 25일

—태운다, 나이를 모르고 다만 늙어서 더이상 잎을 달지 않는다는 포도나무 밑동을. 불이 붙자 죽은 나무는 거울처럼 말라간다. 노란 잎들을 밟았다. 발밑을 흐르는 계절은 다만 한 발자국이다. 정거장에서 비운다.

2012년 10월 26일

—조개구이. 삶이 초라해질 때마다 자신의 몸보다 더 큰 빈

조개껍데기로 가득한 비닐봉지를 끌고 가던 아주머니를 떠올렸다. 조개무지를 끌고 가는 현대의 여자.

―또한 삶이라는 것은 헌 모자 같아서 장롱 구석에 넣어두고 잊어버리는 것.

―어제 한 메모. 그 가운데 시라는 것은 사물과 세계를 온전히 해석할 수 없음의 불가능에 대한 운문이다.

―흩어지는 비. 남자는 빗속에 그냥 서서 손을 내밀었다. 우는 것처럼 얼굴을 가리기도 했다. 적막한 손가락이 비처럼 보이기도 했다. 산의 적막을 닮은 종이처럼 구름은 지나갔다.

―어금니 속에서 울던 바람. 산은 새들이 남기고 간 깃털조차 잘 보관했다. 드문드문 눈이 내렸다. 눈 공장은 저 초산의 비다. 초산의 눈이다. 초산이다.

—조금조금씩 기어가는 아침의 거미. 적막의 거미. 적막이 남긴 거미줄은 끈적거린다. 흐름에도 끈적거리는 것은 있다. 물은 맑은 육체가 아니라 점액의 육체를 가지고 있다. 눈에 보이지 않는 그 무엇이 물속에 있다. 흐르는 물.

—윤이상을 듣는다. 마음이 아프다. 윤이상에 대한 글을 쓰고 싶다는 생각을 한다. '노래'라는 타이틀이 붙은 그의 음악은 박정희에게 바쳐진 것이라고 한다. 물결은 부딪친다. 쪼개진다. 갈라진다. 물결은 나간다. 들어온다. 마음의 현을 잡아당기는 저것은.

—누군가가 오기를 기다리는 시간은 모든 것이 무겁다. 내 육체는 그 가운데서도 제일로 무겁다.

2012년 10월 27일

—토요일에 나는 감자를 졸인다. 이건 자판을 두드린다는 말

의 다른 표현. 어떤 사랑. 신은 독자를 사랑하느라 사랑의 입술을 립글로스로 감싸는 데 정신이 없다. 헤이, 시적인 것, 이건 사물과 세계를 잘못 해석하는 사이의 춤이야. 거친 당신들은 미학의 바퀴를 상업에다 가두어두었다. 만일 내가 싸이보다 더 유명해진다면 나는 당신을 이해할 것이다. 내 손가락은 지금 피 흘린다. 모르겠다, 왜 이 상처를 가졌는지. 너는 말한다, 아이언맨이 아니시군요. 과테말라에서 온 커피도 아니에요, 나는. 나는 토종, 이라는 상처. 나는 이 세계 어디로 가든 토종…… 김치를 버무리는 손이 한 백 년 전에 생겨난 문화인류학적 손.

2012년 10월 28일

―겨울 시간의 시작. 한 시간을 얻었다. 그 시간이 허공에 매달려 있다.

―홍옥이라는 말, 참 좋다.

2012년 11월 1일

─아닌 것을 아닌 것처럼 말하기는 쉽지 않다.

─마음이 안정이 되지 않아 요가를 시작한 지 거의 삼 년이 되었지만 내 마음은 삼 년 전처럼 안정되지 않는다. 언어들이 앓고 있는 병들을 들여다본다. 철저히 이기적인 것이 나의 시라는 생각이 든다. 그런 생각이 든다고 해도 변할 생각은 없다. 이타적인 시가 어디 있는가, 있는가, 가르쳐다오.

2012년 11월 5일

─일요일인데 비는 내리는데

　일요일에 비는 내리고

　어머니와 아버지 사이에서

　보험비와 전기세 사이에서 울던 손길이

　점차 흐느낌을 멈춘다.

취한 내장에는 내일이 있는가 없는가, 를 사유할 만큼

우리는 취하지 않아서

저 사람 혹 이 사람이 내일의 세계 정부를

말아먹는 돼지일지라도 내 감각은 움직이지 않는다.

왜?

나는 늙어서 부패한 시민이다.

나는 그와 사회의 모든 관계를 다스렸다.

나는 로맨틱 시티, 분수 옆에서 동전을 던지며

나는 너라는 물질을 생각한다. 너는 멀어서

나쁘고

일요일에 비는 내리는데

먼 곳으로 간 너는 돌아오지 않으며 운동을 멈춘다.

운동!

인류의 벗!

너는 그곳이 네 연인이다.

너에게 종이 연처럼 꽃잎을 여는 연인

돌아오는 표를 끊고

마지막 기차가 건너던 다리가 무너진 곳에서

노을에 젖은 춤을 추다가

너는 떠날 때 너를 모욕하던 손가락을 떠올린다.

도시락을 먹으며 간이 덜 된 돼지를 욕한다.

이럴 때 나를 욕하는 것이 훨씬 더 모럴적이기는 하겠으나

일요일에 비가 내리고

나는 죽다가 살아난 돼지여서

조용히 세기말의 푸른 우산을 편다.

그 안에 숨어서 운다.

월요일인데 비는 내리는데

2012년 11월 6일

─유난히 맑은 가을날이다. 독일의 십일월이 이렇게도 맑은 빛을 가졌다니. 구부정하게 서서 달걀이 삶아지기를 기다리는 사람을 본다. 어스름한 새벽빛, 삶은 달걀을 먹고 그는 나가야 한다. 차 유리에 가득한 성에를 싣고 어디론가를. 가끔 살아 있는 시간이 너무나 소중해서 저렇게 어진 시간이 있다는 게 너무 믿기지 않는다.

─늦가을 날 벗들이 왔습니다. 그 가운데 한 벗은 페루를 갔다 왔다고 했습니다. 사진을 보여주었습니다. 흙을 개어 태양빛에 말린 진흙벽돌로 지은 집과 그 집에서 기거하던 사람들의 흔적을 보여주었습니다. 흔적이라는 말, 아련합니다. 살아 있었다는 흔적. 죽었다는 흔적. 흔적의 흔적이 고요합니다. 평화로워서 이제 아무도 저 흔적의 삶을 방해하지 않을 것입니다. 심지어 박물관을 지어놓고 흔적을 보호하기도 합니다. 노래에도 흔적은 있는지 궁금합니다. 악기가 노래의 흔적일까요. 당신도 페루에 가본 적이 있습니까. 당신이

그곳에서 먹었던 식사들이 궁금합니다. 당신이 그곳에서 떠올렸던 사람들과 말들도 궁금합니다. 당신이 그곳에 남기고 온 흔적이 궁금합니다. 박물관 안에 그 흔적은 있습니까. 오늘 저는 페루에 갔습니다.

2012년 11월 7일

―용목의 시집을 읽는다. 『아무 날의 도시』. 처음 그 제목을 들었을 때 그런가보다 했는데 시집을 읽으니 정말 시집에 걸맞은 제목이라는 생각. 흐린 날, 소포를 부치고 국수로 점심을 먹고 오후의 라디오를 듣는다. 어제 미국 선거가 있었고 옛 대통령이 새 대통령이 되었다. 거대한 무대에 올라선 새 대통령은 대통령다운 연설을 했고 사람들은 열광적으로 박수를 보냈다. 일기예보는 하루종일 흐리고 비가 오는 날일 것이라고 말했다. 화물차는 고속도로에서 배를 드러낸 채 쓰러졌고 정체는 저녁이 오도록 계속되었고 바람은 줄을 이어서 있는 차들 사이에서 휘파람을 불며 가볍게 죽어갔다. 아

무 곳에도 오늘, 가지 않았다. 삶과 투병중이다. 삶과 연애중이다. 삶의 모자를 쓰고 불안하게 쓰러졌다가 일어나기도 했다. 아무도 믿지 않은 날이었다.

2012년 11월 8일

—어제 읽은 송재학 선생의 시들에서 옛 선비의 단아한 문장들이라고 우리가 흔히 말하는 문장들을 발견했다. 너무나 황홀한 문장들. 그 문장들은 스미는 힘이 있어서 참 좋았으나 아프지는 않았다. 아니라면 너무 아파서 그 흔적이 보이지 않는 걸까. 김이듬의 시들을 읽었다. 그가 쓴 시들은 아프다. 하지만 너무 아파서 힘을 잃는다. 아마도 내가 서울에서 쓴 시들이 그랬으리.

—악어의 입은 인간의 손가락 끝보다 민감하다.

—그로부터 엽서를 받았다. 사실 그가 죽었다는 소식이 먼저

왔고 나는 장례식까지 다녀온 후였다. 엽서는 2009년 3월 4일에 그가 알레포에서 보낸 거였고 그는 2009년 3월 6일 알레포에서 자동차 사고를 당했다.

―극악한 것을 경험한 이들의 눈은 좁아진다. 극악한 것들이 그들의 눈을 좁혔다.

―이생은 이렇게도 끝날 것이다. 태양 밑에서 쉬지 않고 녹아가는 아이스바처럼 숨을 거둔다, 라는 것은 마지막 한 숨을 맹렬하게 쉰다는 걸 뜻할 것이다.

―옛 초등학교를 새로 단장해서 양로원으로 만들었다. 여기는 그 옛날 수정 궁전이었다. 지금은 잘나가는 아이들이 들락거리는 가라오케다. 여기는 옛 당신이 점심을 먹으러 오던 백반집이었다. 지금은 지하동굴이어서 빠져나간 물만이 흐느낀다.

―거인증. 우리 모두 앓고 있는 이 병을 저는 거인증이라고 부르겠습니다. 무럭무럭 자라나는 몸이 어느 날 천장을 뚫고 나올 만큼, 그래서 내 밑에 있는 구름을 뚫고 한 아이가 나를 찾아올 만큼, 그래 그래 아이야, 나는 너에게 아무것도 줄 수 없지만 너의 호기심에는 사랑을 걸 수 있다.

2012년 11월 14일

―한 줄도 못 쓰는 날이 있다. 오늘이 그렇다. 하루종일 앉아서 컴퓨터만 들여다보고 있다. 방청소를 하기도 했는데 그것도 너무 싫었다. 밥하기도 설거지하기도 너무 싫다. 저녁빛이 깃든다. 오늘이 저문다. 울고 싶은 심정이다.

2012년 11월 15일

―서정시는 독자에게는 가장 익숙한 형태일 수 있다. 하지만 서정시를 쓰는 자에게 서정시라는 형식은 만지지도 놓지도

버리지도 어딘가에 감추어두지도 못하는, 오래된 과거와 미래가 영원히 만나지 못하는 완성되지 못하는 원과 같은 것이다.

─밥물이 끓어오르는 것을 바라보니 비릿하다. 비릿하다는 말을 쓰고 난 뒤 목구멍으로 검은 어둠이 차오르는 것 같아서 밥물이 끓어오르는 것을 바라보는 것을 멈추고 다시 돌아와서 너에게, 라는 말을 쓴다. 『먼 곳』이라는 시집이 이 세계에 있다. 『파도가 바다의 일이라면』이라는 소설이 있다. 이 책을 쓴 두 사람은 내가 만년 전부터 아는 사람들이다.

2012년 11월 18일

─도대체 정치를 위해 내가 할 수 있는 일은 무엇일까.

─그들은 제 뇌를 가위 공장으로 만들었어요. 이런 말을 해도 될까? 이런 책을 읽어도 될까? 이런 삶을 살아도 될까? 가

위들로 채워진 머리를 가진 괴물인 우리. 자기검열의 괴물을 양산하던 그 나날.

2012년 11월 19일

―그들이 꽉 잡고 있는 시라는 것이 무섭다. 그들에게 시는 과거에 존재했던 그 무엇을 계속 답습하는 것이다. 그것을 그들은 시라고 부르는 것이다. 그들은 자신과 닮은 것만을 이해하고 공감하며 타자의 것들을 이해하지 않으려고 하며 심지어 타자의 것을 나쁘다고 말한다. 그것이 나는 무섭다. 2012년 무력한 나날. 악몽들, 그리고 대통령 선거. 악몽 곁에서 또 악몽을 꾸었던 순간들.

2013년 7월 1일

―독서 일기를 쓰는 것이 중요하다는 생각이 든다. 읽은 것을 다시 새기는 것이 중요하다는 생각이 든다. 첫번째 책은 코넬리아 푼케의 『틴텐벨트 트릴로지』다. 둘째 권이 시작되

면서 사용된 인용문이 가장 좋았다. 그녀의 독일어 문장은 시인의 문장이며 그녀 역시 자신을 시인으로 생각한다. 이야기의 시작은 시적인 에스프리에서 시작된다는 것도 그녀에게서 배웠다. 즉 이런 인용: 내가 만일 알았다면,/어디에서 시들이 오는지,/그곳으로 나는 가리라. (마이클 롱리)

—이성복: 그것은 허구이지요. '마치 ~처럼'일 뿐입니다. 그러나 그 허구로서의 진실이 우리로 하여금 자신을 보호하고 삶을 기획하게 합니다. 시라는 것도 그런 것이 아닐까요. 삶 자체가 허구라면, 시는 허구 속의 허구입니다. 그런데 이 허구 속의 허구를 만들어서 삶이라는 허구를 뒤집거나 혹은 무화시키는 것, 그런 것이 시겠지요. (『문학동네』 2013년 여름호, 46쪽)

2013년 7월 3일

—스노든은 모스코바 공항 터미널에 과연 있을까. 그 2주일

동안 그 사람은 무슨 생각을 하고 있을까? 모든 국가들이 그를 거부하고 있는데.

―이집트의 타히르 광장에서 있던 안티 무르시 데모객과 다른 광장에 있는 프로 무르시 데모객들. 이슬람 형제들. 종교의 광기와 가난에서 오는 종교집착은 너무나 오래된 일이라서 결국 아무 말을 할 수조차 없다.

―음악가를 질투한다. 음악은 눈을 감아도 들을 수 있다. 글은 눈을 뜨고 읽어야 한다. 눈을 감고도 생각나는 글귀들만이 아마도 음악처럼 살아가지 않을까. 그래서 시에 잠재하는 노래라는 것이 그토록 중요하지 않을까?

2013년 11월 27일

―프랑스어 시간. 오랫동안 울리던 크리스마스 시장의 종소리. 프랑스어 선생님 우르줄라는 처음 프랑스에 갔을 때 이

야기를 들려주었다. 그리고 수업을 마치고 나는 크리스마스 크란츠를 사러 시내의 상점들을 돌아다니다가 르네를 만나서 중국집에서 점심을 먹었다. 점심을 먹고 시내를 걸어오다가 옷가게를 하나 발견했다. 르네의 바지 두 개를 샀다. 자줏빛과 베이지의 바지. 크기 58. 배낭을 사러 함께 들른 아웃도어 가게. 나는 스웨덴에서 온 배낭을 샀다. 오래전부터 새 배낭이 필요했는데 오늘에야. 나에게 꼭 필요한 배낭을 살 시간조차 없었다니!

─버스를 기다리는 정류장에서 사람들의 신발만 바라보았다. 다운증후군을 갖고 있는 소녀가 정류장 벤치에 앉는 듯하더니 바닥으로 쓰러진다. 아무도 그 아이를 도우려 하지 않는다. 그렇게 사람들이 많은데도. 기어코 나는 나서고 말았다. 아프니? 버스 몇 번을 타야 하니? 구급차? 지나가던, 머리에 수건을 쓴 터키 여인이 합세한다. 그녀도 나도 핸드폰이 없다. 결국 지나가는 아가씨에게 핸드폰이 있는지, 구급차를 여기로 오게 할 수 있는지 묻는다. 아가씨가 급하게 전

화를 하는 동안 소녀가 일어나더니 막 도착한 버스에 거짓말처럼 올라탄다. 아가씨가 말한다. 저 버스, 저도 타야 해요. 제가 잘 살필게요. 터키 여인과 나는 정류장에 서서 이야기를 나눈다. 아무도, 정말 아무도 도우려 하지 않는군요……그렇군요…… 얼마나 외로울까요?

─인간의 존재가 작고 약하다는 것은 눈을 보면 알 수 있다. 약한 자의 눈.

─시내는 복잡하다. 새로 생기는 가게와 문을 닫는 가게. 지나가는 사람들. 차와 가로등. 이 소비로 들썩거리는 다운타운에서 길을 잃는 것은 약자의 눈빛만은 아니다.

─집으로 돌아오니 벌써 어둠이 찾아온다. 으슬으슬하다. 집안은 따뜻한데도. 그제 보낸 원고를 생각하니 마음이 심란해진다.

─어둠이 짙어질 무렵 겨울 나뭇가지들은 마치 인간의 정맥처럼 거대한 그물을 엮는다. 어둠보다 아직 짙은 저 그물조차 어둠은 잡아먹어버릴 것이다. 오늘 나를 만나러 온 것은 무엇일까. 아마도 거리의 정류장에서 바닥에 주저앉아 있던 소녀일 것이다. 내일은 무엇이, 누가, 날 만나러 올까?

─그리고 어느 선배의 메일에서: 뜬금없는 소리 같지만 너무 외로워하지 마.

2014년 3월 15일

─뮌스터. 결국 그랬다. 음악이었다. 어스름하게 저녁이 오는 독일의 작은 도시 골목에서 흘러나오고 있는 음악. 나는 그 소리를 따라 골목으로 들어갔고 아주 작고 허름한 카페를 발견했다. 지오라 파이드만의 플루트가 흘러나오고 있었다. 언젠가 너는 그 음악 속에 앉아 커피와 베이글을 먹고 있었다. 나는 음악 속에 있던 너와 네 배낭을 바라보았다. 아, 너

는 다시 어디로 떠나려고 하는구나. 왜, 그 음악을 들으면 떠나려는 한 사람이었던 너를 떠올리게 되는지. 글쎄, 너는 떠나려고나 했는지. 글쎄, 내가 떠나려는 건 아니었는지. 왜 네가 떠나려는데 나는 내가 떠난다는 생각이 드는 건지.

"어디로 가세요?"

나는 물었다.

"아직 정해지지 않았어요."

"그런데 왜 배낭은?"

너는 웃었다.

2014년 3월 23일

―어제의 산책. 숲과 함께한 산책. 느끼고 본 것이 쓸 수 있는 영역을 넘어설 때가 많다. 글을 쓰는 연습이 부족했던 탓일까? 아마도 그럴 것이다. 말들. 말똥들. 마당을 가로질러 달리던 개들. 숲에서 만났던 작은 길들. 말들이 지나간 자국.

트럭이 지나간 자국. 바람이 넘어뜨린 나무들. 아마도 영원히 깔려 있을 황갈빛의 낙엽들.

―조각가 파울의 방. 그의 침대. 그의 창들. 구석에 있는 작은 부엌. 그리고 사십 년이나 나이 먹은 선인장.

―산문의 가장 강력한 힘은 아마도 담담함에서 나오는 것이라는 생각. 흥분하지 않고 사물을 관찰하는 능력. 능력이라기보다는 단련을 통해서 나온 인내. 사물과 풍경 앞에서 흥분하지 않기.

―뮌스터에 대한 글들을 생각하는 일요일 아침. 서른 살에 마주쳤던 도시. 내가 공부했던 곳. 가난한 학생으로 살았던 곳. 수많은 교회. 수많은 비의 나날. 수많은 종소리의 나날. 수많은 나날, 나날들. 발굴을 마치고 뮌스터로 다시 돌아왔을 때 그리고 작은 술집들의 골목. 수많은 도서관. 이차 대전으로 구십 퍼센트 이상 부서진 도시. 조종사의 착각으로 행

해진 폭격. 아침 길을 걸어가는 수도사와 수녀들. 거대한 추기경의 동상 위로 참새들이 똥을 누는 곳. 성 앞에 펼쳐진 넓은 길. 성 뒤에 있는 식물원. 성…… 내가 처음으로 이곳에 왔을 때 누군가가 저 건물을 성이라고 알려주자 나는 고개를 흔들었다. 평지에 성이 있다고?

2014년 3월 24일

─용목에게서 메일이 왔다. 십 개월 남짓 호주에 가 있었다고. 사막 여행을 했다고. 논문과 시집 발간으로 그리고 집안일도 있어서 지쳐서 훌쩍 아내와 함께 갔다 왔다고. 참 잘했다, 용목.

─어젯밤에 계속 생각했던 것: 이렇게 산문을 시작하면 어떨까?

─당신은 이 도시를 잘 모를 것이다. 이 도시는 독일의 서북

부에 자리잡고 있다. 이곳에서 네덜란드 국경까지는 칠십 킬
로미터쯤 될까?

—하루종일 기다린다.

　아무 생각 없이 하루종일 기다린다.

　감기 없는 세상을

　독재자 없는 세상을

　몸 없는 세상을

　약이 나를 기다리게 했다.

　나른한 신경이 나를 기다리게 했다.

　저녁이 오는 것을

　밤이 오는 것을

　밤에 창밖에

　두 사람이 손을 잡고 라일락 곁에서

　뭔가를 기다리고 있는 것을

　그들은 포옹을 기다리고 있거나

　입맞춤을 기다리고 있거나

정말 기다리는 게 무언지 알게 될 때까지

약은 나를 놓아주지 않을 것이다.

하루종일 하는 일이라는 게 그렇다.

별로 쓸모없는 일만 하고 있는 것이다.

몸, 즉 직감적인 감각이라는 것이 대단히 가벼운 영역에
속한다는 것을 나는 믿지 못한다. 몸만큼 시간을 통과하면
서 형성된 것은 없다. 한 인간의 몸이 지금 형태를 이루기까
지의 진화의 시간이라는 것을 염두에 두어보라. 몸이 느끼
는 감각은 그래서 문명의 감각보다 더 오래되고 절실하고 정
확하다. 시간의 길이(시간의 깊이라는 말은 도대체 무엇을 뜻
하는 걸까? 그건 달리 말한다면 오랜 시간에 걸쳐 삭혀지고 달
여졌다는 건 아닐까. 그러니 깊이라는 말은 그러니 길이라는 것
을 전제한다).

두 사람이 라일락이 만발한 밤 골목길에 마주서 있다.

한 사람이 바짝 다가섰다.

한 사람이 다른 사람의 어깨를 쥐었다.

두 사람이 서로 껴안았다.

두 사람이 바닥에 뒹굴었다.

한 사람이 비명을 질렀다.

한 사람이 급하게 일어서더니 뛰어갔다.

한 사람이 바닥에 쓰러진 채 움직이지 않았다.

라일락의 향기가 무거워서였나,

한 사람은 끝까지 일어나지 않았다.

─상투적인 상태, 시적인 것만 같은 착각의 그 상태를 벗어
나는 시를 쓰고 싶다. 이것이 이 계절의 질문일 것이다. 가벼
이 무거움을 드러내는 것. 꽃이 핀 풍경에서 순이 나오는 풍
경에서 벗어나는 것. 쉿듯 싸우는 것. 그 모든 것이 이 시간
을 걸어가는 힘이다.

─바깥의 빛, 이 방에 앉아 창으로 들어오는 빛 속에서 뭔가

읽고 쓰고 하는 것. 일생에서 가장 길었던 시간. 아니 잠자는 시간이 더 많았으리.

─뮌스터에서 살면서 가장 좋았던 것은 외국 학생들이 많아서 그리 외국인이라는 눈치를 받지 않아도 된다는 거. 연구소와 중심지가 멀지 않아서 공부하다가 갑갑하면 언제나 나가서 이런저런 구경을 할 수 있다는 거. 교회에 들어가서 마음이 산란할 때는 앉아 있을 수도 있다는 거. 뮌스터는 중세의 냄새가 아직도 나는 도시이다. 탑을 지키는 사람들.

─화재와 적의 침략.

─타국의 도시에서 한 이십 년 살다보면 이곳 사람이 되는가. 늘 낯선 곳. 너무나 익숙한 곳. 시간이 흐르다가 언젠가로 어디론가로 데려다놓는 곳. 그 긴장을 견디는 것. 이곳은 나에게 시적인 내가 언제나 낯선 곳에서 산다는 걸 가르쳐주었다. 그러다가 문득문득 나를 만나기 위하여 먼 곳에서 온

사람들을 만났다. 도대체 그 느낌은 무엇이었을까. 그러다가 나도 이곳을 잠시 떠나서 낯선 곳으로 갔다가 돌아오기도 했지.

―저녁에 가야 할 곳을 생각하다가 잠시 어두워지기도 했다. 그리고 길녘에서 지나가는 새들이 방향을 바꾸면 울음보다 더 진한 노을이 숲을 가로질러 서녘에 문득 머물다 갑자기 가버리는 광경을 보기도 했다. 바람이 불어오는 곳에서 응급차의 소리가 울릴 때마다 노을은 잠자리의 날개처럼 떨었다. 더이상 이 세계로부터 탈출할 수 없던 새들은 없는 어미를 노래했다. 아주 어려운 세계였다. 내가 증오하는 것들을 새들은 증오하지 않았다. 그것은 불면의 내 밤을 향하여 누군가가 내 눈동자를 들여다보며 들려주는 노래 같았다. 없어진 노래, 마음속으로는 있었으나 이 길을 따라 걸을 때 아무도 없었던 노래. 나는 이때 내 존재가 생긴 것 같아 서러웠으나 그런들 어떠랴. 어미 흉내를 내며 자살하던 새들도 그랬을 것 같다.

─그런데 떠오르는 얼굴은 너무나 많아서 아무것도 없다. 새들의 비행이 좁아지는 서쪽 바람이 불 때 너는 나에게 편지를 주었네. 어떤 거대한 도시에서 아주 아름답게 아픈 아이가 태어나서 우리를 돌보고 있다.

─내일은 내일의 약속이 있으나 나는 이 순간 이 모든 것을 취소한다. 나는 내일 그냥 자고 싶다. 아주 깨어나지 못할 불의 기억을 머금은 화덕처럼……

2014년 3월 25일

─아침에 일어나 서리가 하얗게 내린 마당을 바라보았다. 저렇게 하얗고도 얇은 잠. 바깥에서는 개가 짖는다. 청명한 하늘에 분홍빛 구름이 떼를 지어 다닌다. 내가 괴롭지 않다면, 그렇다면 무슨 수로 시를 쓰며 살겠는가. 그러나 언제나 괴롭게 살 수만은 없을 텐데. 아무것도 없는 세월.

─너는 기차를 타고 남쪽으로 밥벌이를 하러 간다고 했다. 나는 네 밥벌이에 대해서 더이상 묻지 않았다. 창밖에는 유월의 밤 구름이 지나갔고 내일이면 기차역으로 너를 배웅하러 가겠다고 나는 말했다. 방안으로 기억과 기억의 그림자가 서로 안으며 들어왔다. 저건 꽃그늘의 기억이었고 저건 술 그늘의 그림자였다.

─장미 그늘에는 가시가 없다. 그늘 속에 한 떼의 개미가 기어간다. 가시에 찔리지도 않고.

─물때가 잔뜩 낀 싱크대를 닦다가 햇빛이 무더기로 들어오는 창을 바라보다가 다시 컴퓨터 앞으로 돌아와서 오늘 쓸 수 있는 글들이 없을 거라는 느낌에 시달린다. 나가야 하나. 뭔가 새로운 것을 보아야 하나? 왜 이렇게 말들이 꽁꽁 숨어버렸나.

─아직도, 아직도, 얼어죽은 매화나무의 봄. 얼어붙은 발자

국의 꿈. 가려고 한 발자국이었을까, 오려고 한 발자국이었을까. 들판 한가운데 누군가가 진흙이 잔뜩 묻은 장화를 신고 이곳을 지나갔다, 지나갔다. 차가 다니는 국도 쪽으로 노루가 눈길을 돌리다가 응급차 소리에 껑충 뛴다.

—이 마을의 소음은 아주 단조롭다. 바깥엔 햇빛만 들끓는다.

—흠, 얼룩, 이별 시간, 저편, 별, 순간, 영원, 울음, 자욱함, 누군가 서로 끌어안고 있는 모습, 밤에 소리 없이 져버린 꽃, 낙엽들이 깔린 얼굴, 주름의 사이에 나 있는 그늘, 기차 안에서 메일 쓰는 사람들, 휴대폰을 끄고 술을 마시는 사람들, 고향 없는 사람들, 전쟁을 피해서 난민촌에 사는 사람들, 총을 쏘는 아이들, 마약을 파는 사람들, 제 몸에 상처를 내는 사람들, 빵냄새 나는 저녁에 외로운 발자국을 떼는 사람들, 사이가 없을 만큼 붙어 있는 사람들, 괴로운 사람들, 아직 갈 길이 멀다고 생각하는 사람들……

—송찬호의 시들이 좋은 건 아마도 내가 나이가 들어서인가. 그의 말들이 좋다. 결국 어떤 시들을 좋아하든 한 시인이 쓰는 말들을 좋아해야 하는 거 아닌가. 그 말들이 나를 움직여야 하는 거 아닌가.

—오래된 시간

내가 너를 바라보자 너는 고개를 숙였네.

떨어지는 꽃처럼

아주 오래된 일.

비단 구겨지듯 봄 저녁 분홍 구름은 가더라.

주소도 없이 꽃 엽서들은 어디론가로 가더라.

이제 별이 와서 꽃 없는 자리를 채울 시간.

네 눈이 내 가슴의 불편한 거울을 바라보는 시간.

물처럼 투명한 바람,

노을이 든 물.

―은하수를 끌어와 병기를 씻는다. 그렇게 해석된다. 나는 이 순간, 북구에서 온 탐정소설을 읽으며 내 빛을 반성한다. 너는 내 반성을 모를 것이다.

2014년 3월 26일

―최승호 선배의 시집 『허공을 달리는 코뿔소』를 정독했다. 아마도 최선배는 이 시집에서 시의 완성도라는 시적 자유를 속박하는 모종의 것들과 이별을 한 게 아닌가 싶다. 시작 노트에 든 글들을 이렇게 척. 멋지다. 이런 과감한 자유에의 의지가 시를 창조적으로 만들어가는 근원이 아닌가 싶다.

―이향 시인의 시집 『희다』는 무척 정갈하다. 나는 그이의 시집이 좋다. 약력을 보니 나와 같은 나이. 이게 세대의 친밀함에서 오는 것일지도 모른다는 생각을 한다. 얼마 전 정과리 평론가의 한 평론을 『21세기 문학』(2014년 봄호)에서 읽었는데 그 평론에 그가 인용한 시들은 그의 세대의 것이었다. 자

신이 속한 세대에 대한 솔직한 사랑. 이 사랑의 지속성은 고향을 끊임없이 고백하는 미덕이지만 한편으로는 세대의 헤게모니를 향한 은밀한(어쩌면 무의식적인) 고집일 수도 있다. 내가 이향의 시들이 좋다고, 송찬호의 시들이 좋다고 생각하는 것도 그런 것에 속하는 것인지 이 아침에 물어본다. 아니다. 다만 나는 그들의 담담하고도 강렬한 언어들이 좋을 뿐이다.

―창백한 태양이 지붕과 지붕 사이에 있다. 저렇게 창백한 태양을 직접 보는 것은 얼마나 오랜만인가.

―큰조카가 군대에 간다. 마음이 아프다. 3월 31일이 입대일. 나는 그 아이에게 무엇을 해주었던가.

―자작나무 껍질에 사람들은 글을 적기 시작했다. 아주 오래된 일이다. 문서도 있었고 편지도 있었다. 겨울 산책길, 마을 학교 앞을 지나는데 커다란 자작나무가 서 있고 그 아래에

표지판이 붙어 있었다. 자작나무를 설명했다. 나무껍질이 얼마나 단단한지도. 그래서 그 껍질에다 쓴 편지가 거의 천 년가량 보존되어 있었다고. 러시아의 한 마을에서 발견된 자작나무 문서와 편지들. 나무껍질에 쓰인 글들. 그 편지.

—다음의 메모가 쓰인 때:

오후였다.

햇살 속의 나비였다.

두 장의 작은 손수건

두 장의 백지

마주선 두 사람의 마음 골목 속

펄럭이는 두 장의 넝마

누군가 죽을 만큼

저 흰빛의 나비를 내쳤더라면

그때 오후는,

나비에게서 벗어나서

해의 시간이 되지 않았을까.

흰빛은 바닥으로 구겨지며

해가 막 낳은 비린

어둔 시간을

안아주지 않았을까.

어둠 속으로 몰락하는 푸름은

차가운 잠으로 들어와

두 장의 펄렁이는 꿈이 되지 않았을까.

빛을

돼지떼처럼 몰면서

해는 천천히 내일로 오지 않을까.

이별 없이

이별마저 없이

―엄마와 나의 간격

엄마의 자궁 안에서

나는 엄마, 속의 섬이었다.

이 섬은 엄마에게서

모든 식량 공급을 받았다.

(영혼 공급이 어땠는지는 잘 모르겠다.)

이 섬이 바깥으로 불쑥 나와서

엄마를 바라볼 때

엄마와 나의 간격이라는

원초 비극을 바라볼 때

내 모어는 생겼다.

엄마 말이 아닌 내 말로

그 생각을 하니 서글프다.

들판에서 혼자 병들어 죽어

풍장되는 늑대 같다.

2014년 3월 28일

―어제는 프랑스어 수업을 받으러 간 날. 마틸데라는 나의
맞은편에 앉아서 수업을 듣는 이에게 우연히 말을 걸 일이
생겼다. 그녀는 최근에 수술을 받았다고 했다. 나는 궁금함
을 참지 못하고 물었다. 무슨 수술이었냐고. 그녀는 말했다,
자궁을 제거하는 수술이었다고. 6주 동안 꼼짝도 못하고 누
워 있었다고 했다.

2014년 3월 30일

―오늘부터 시작된 여름 시간. 한 시간이 갑자기 사라진 날.
이것은 무슨 운명의 장난도 아니고 다만 정치적인 결정일 뿐.

―아침에 일어나 어제 바깥으로 내놓은 화분들을 보았다. 겨울이 없었으니 이 아이들도 올봄 못다 잔 잠을 계속 잘 것이다. 이렇게 날씨가 좋은 날은 무엇을 해도 좋을 듯하다.

―다들 마당에 나와서 마당 청소를 하거나 새 꽃을 심는다. 나는 이제 세 살이 된 가죽나무에 새순이 나오고 일본에서 온 수국 세 그루가 지난겨울 동안 한 녀석도 죽지 않고 새순을 내는 것을 보았다. 다행이다, 그 어린것들이 다 살아남아서. 내가 사라지고 난 뒤 이 정원을 가꿀 사람은 이 정원에 그런 것들이 있다는 것을 알까. 하긴 그 모두 내 영혼의 일이었으니 다른 영혼은 다른 아이들을 사랑하겠지. 그리 집착하고 은애하면서 정원을 돌보지는 않지만 그래도 가끔은 이 정원이 나의 가장 중요한 삶의 터전이라는 생각이 든다.

―어떤 문장은 써놓고 얼른 지운다. 말이 씨가 된다는 속담을 믿는 건 아닐까. 그렇겠지, 나는 언제나 비겁하니까.

—제프리 러시(영화배우) 악몽 두 가지: 무대 위에서 대사를 잊어버리거나 연습을 하지 않아서 무대를 망쳐버리는 것. 어떤 닫힌 장소에서 호랑이와 함께 있는 것. 호랑이는 주위를 맴돌지만 습격하지는 않는다.

—우리 모두는 실패할 것이라는 악몽에 시달린다. 악몽에 시달리든 시달리지 않든 우리는 실패한다. 인간이라는 존재는 실패하는, 실패하는 존재다. 죽음은 모든 실패의 어머니이다. 몸의 실패. 이것이 바로 인간의 실패의 근원이다.

—어제 나는 어떤 젊은 어머니를 보았다. 그녀는 자전거를 타고 달렸는데 그녀의 자전거 뒤에는 아이를 싣는 작은 차가 있었다. 또 그녀는 한 손으로는 핸들을 잡고 다른 한 손으로는 개의 목줄을 쥐고 있었다. 커다란 검은 점이 박힌 개 한 마리가 자전거와 나란히 달리고 있었다. 또 그녀의 자전거 앞에는 그녀의 아들로 보이는 다섯 살가량 되어 보이는 아이가 헬멧을 쓰고 자전거로 달리고 있었다. 달리면서 그녀는 앞

서 달리는 아들에게 천천히 달리라는 잔소리를 하다가 옆에서 가는 개를 보다가 또 뒤를 돌아보며 작은 차가 안전한지 아닌지 확인했다. 혼자 달리는 사람은 없다. 특히 어머니는 혼자 달릴 수 없다.

—일요일이면 누군가를 사랑하는 일이 무엇인지 생각하게 된다.

—뮌스터에 대한 글쓰기. 그곳에서 보낸 나날에 대한 글쓰기.

—아이들이 큰 소리를 지르면서 공놀이를 한다. 이 마을에 잠시 머물렀던…… 앗, 문장을 놓쳤다. 내가 당신에게 관심이 있을 때 관심이란 말은 아마도 나는 당신 언저리에서 서성인다는 의미에 가까울 거다. 봄꽃이 당신의 중심에서 어떤 다른 중심의 당신에게로 화살을 쏜 적이 있었나?

—봄 수술

당신은 오늘, 수술받는 나에게 봄 햇살이다.

당신도 온몸이 저릴 만큼 아프구나.

내 몸은 열이 찬 이마의 별을 달래기 위해

차갑거나 더운 수건을 기다렸다.

그때

당신의 손가락은 내 입술이 아니라

내 관자놀이를 더듬었네.

어지러움의 눈동자는 나를 향하여

당신의 갓 태어난 포옹을 열었네.

그게 좋아서

우리의 골목은 어둡고 오목했다.

그리고 우리를 번식하기에 참 좋은 날씨

이 작은 오전도 오후도 아닌 시간

아주 안녕했네.

나를 안은 당신의 팔이 저릴 만큼.

2014년 3월 31일

―주위가 뿌옇다. 눈에 닿는 모든 먼 곳이 뿌옇다. 봄이 오는 것이다. 새소리는 더 날카롭다. 아침에 조금 걸었다. 배낭을 짊어지고. 배낭 안에는 소고기 한 근, 포도주 두 병. 슈퍼마켓에 다녀오는 길. 마을은 분주했다. 차들도 분주하고 사람들도 분주하다. 내 옆에서 걷고 있는 사람. 나는 걱정스럽다. 그의 걸음걸이가 예전과는 다르기 때문이다. 균형을 잃을까봐 노심초사하면서 걷는 사람. 그의 굼뜬 걸음에 보조를 맞추며 나도 걷는다. 내가 그의 걸음걸이를 관찰하고 있다는 걸 들킬까봐 눈을 자꾸 다른 곳으로 나는 돌린다. 삼월의 마지막 날. 오늘 점심거리를 생각한다. 내일은 아직 끝이 아닐 것이다. 그러나 언젠가 이 모든 것은 끝날 것이다.

―글을 참 맛깔나게 쓰는 사람들이 있다. 대부분 옆에서 조곤조곤 말하듯 쓰는 사람들이다. 옆에서 누군가가 이야기를 들려준다. 부담스럽지 않고 누구나 알 수 있는 말로. 부럽다는 생각. 허세가 전혀 들어 있지 않은, 자신이 다치지도 타인

을 다치게 하지도 않는 글. 그런데…… 글은 그것뿐인가?

―김윤식 선생님의 놀라움. 글을 쓰고 읽고 그리고 숨쉬는 것. 선생님이 아주 오랫동안 그 일을 하시기를 바란다.

―『문학사상』 2014년 2월호를 읽다가 회경이의 시를 보았다.

―우편배달부의 차 소리가 난다. 우편함에다 뭔가를 던지는 소리. 그가 열쇠를 들고 나간다. 그리고 우편물을 챙겨서 온다. 그런 소리들. 잠재하고 있는 인생의 공포를 밀어내는 소리. 아주 잠시지만 말이다. 며칠 전 주문한 디브이디가 도착. 누군가에게 생일 선물로 주려고 한 영화가 도착했다. 아이가 장애아가 되고 그 장애를 가진 소녀가 성추행을 당하면서 그녀는 어두운 영화를 보지 못한다. 이 영화는 아주 밝은 영화. 그래서 주문했다.

―아주 먼 곳에서 누군가가 뭔가를 읽고 투둑, 자판을 쳐서

읽은 무엇을 트위터로 날린다. 나는 그것이 두렵다. 한없이 두렵고 민망스럽다. 어쩌면 앞으로의 십 년도 이럴 것이며 이것과 함께 나는 살아가야 한다.

─저녁에 컴퓨터 앞에 앉아 문장 하나를 친다. 빛을 안아줄 수 있는 손은 없다. 그 뒤를 잇는 문장,

　　빛을 말아 쥐고 손을 오므리면

　　금방 내 손안에는 그늘만 남는다.

　　마당 청소를 하다가 햇살 아래에서

　　동그마니 손을 오므린다.

　　빛이 사라진 손 동굴

　　다시 빛을 놓아주기 위해 손을 벌린다.

　　손금에도 빛은,

　　빛은 멀리 있는 빛을 바라보는 눈동자 속에도

　　새가 날카롭게 칼을 떨어뜨리듯

소리 낸다.

―저녁이다. 긴 잠을 자고 일어난 나무들. 뿌연 눈앞을 연기로 채워둔 마을의 굴뚝들. 아마도 초봄이라 발 시린 아이들이 있나보다.

―집으로 오는 국도에서 커다란 수양버들을 보았다. 수양버들 앞에는 커다란 웅덩이가 있었고 낙낙하게 휘어진 가지들은 물 쪽으로 다가갔다. 뿌연 날, 봄이 오는 날, 고즈넉하게 마을 너머 들판을 덮고 있는 이 뿌연 빛 속에 산돼지가 새끼 두 마리를 데리고 마을 쪽으로 온다. 냄새나는 곳으로 온다. 집 앞에 서 있는 쓰레기통을 뒤지며 산돼지와 새끼 두 마리는 한적하게 하여간에 먹긴 뭘 좀 먹는다.

―집 앞에 의자를 내놓고 노부부는 소주 한잔한다. 목련꽃잎이 떨어져서 백발의 긴 머리칼에 분홍을 더한다.

—봄 오는 날, 사람들은 마을 텅 빈 들판에 불을 피우며 지난 겨울을 태울 것이다. 올라갈 것도 없는 삶이지만 불꽃만은 하늘로 치솟고 연기도 그러하고 거나하게 취한 노인들은 박장대소를 하며 집에서 가져온 주먹밥을 씹었다.

—개들이 지나간다. 서로 컹컹 짖는다. 그러다가 고슴도치가 수풀에 숨어 있는 걸 알아채고 날쌔게 수풀로 뛰어간다. 개 주인이 개를 부른다. 개는 돌아다보지도 않는다. 창가에 가득찬 저녁, 창을 서쪽에 두었던 까닭은 저녁을 보기 위해. 밥을 하다가 뒤돌아보면 창으로는 저녁이 가득차 있다. 무슨 후회의 느낌이 있는 것도 아니다만 찬물에 손을 씻다가 창가에 가득찬 저녁을 눈동자에 담는다. 어둠이 오기 전에 밥이여 끓어라. 흰밥에 검은 어둠이 잠긴다. 종지 속에 든 간장이 아릴 정도로 쓸 때 이건 어둠 맛이야, 라고 중얼거려라.

—여름 저녁은 천천히 오지. 저녁이 오는 걸 잊어버렸다 싶을 때 오지. 누군가가 틀어놓은 텔레비전에서 들려오는 노

랫소리. 밥물 위에 올려놓은 조기는 익어가고 아, 아직 어두워지지 않았네. 아, 아직 오이 따러 가도 되겠네. 하지만 순간 새의 깃털이 붉은빛으로 물들었다 싶을 때 후두둑 저녁은 떨어지지. 어설픈 가슴속으로.

—내일은 사월이다. 그게 뭔가. 나는 모레를 기다린다. 내일이 아닌 모레를.

—정말 아름다운 건 반전이다!

2014년 4월 1일

—매일 들려오는 소식들. 아침 뉴스 시간.

—어젯밤 아주 오랫동안, 아스파라거스 수확 철에 일꾼으로 오는 폴란드인들을 생각했다. 2014년 봄, 뮌스터 인근의 아스파라거스 평야, 그리고 폴란드인 일꾼들. 이 상황은 어떤

언어를 통하여 시로 쓰일 수 있는가. 액자에 든 그림같이?

―나는 내가 겪고 있는 이 한국말로 쓰이지 않는 이국의 풍경을 어떻게 시 언어로 옮길 수 있을까? 황현산 선생님의 산문집을 읽다가 이런 말을 보았다. 자신이 살아온 땅에서 겪은 일들이 그의 글들의 원천이었다고. 그랬을 것이다. 내가 겪는 이 이국의 제한된 경험을 글로, 특히 시로 풀어낼 재주가 나에게는 없는 것일까. 이렇게 스스로 선택한 고립은 나에게 무슨 의미가 있는가. 지독한 외로움이 낳는 무기력. 어떤 글도 어디에도 다다르지 않으리라 싶은 무기력.

2014년 4월 3일

―이렇게 맑은 햇빛 아래 병을 본다. 이제 꽃병에 든 오후를 쏟아낸다. 그리고 새 물을 붓는다. 다행히 내 시대에는 절절히 울면서 끝없이 절단내었던 전쟁은 없었네. 그래, 점심상을 평화롭게 차리다가 네 눈을 보았는데 네 눈에 어린 다른

존재의 눈동자…… 뭐니? 몰라, 라는 네 답변의 뒤에서 햇살
에 절여진 술냄새 나는 꽃은 피는데 당신, 어디 있니? 나, 다
섯 살 그 물결에 당신은 옹알거린다. 나, 물결에, 그 물결에
실려가는 당신의 손가락이 끊임없이 떨려 내 시간은 떨렸네.
당신의 손가락 떨림을 보며 여보, 이제 울 수도 없지…… 그
가, 운전했던 차가 나를 정거장에 내려주며 말했다. 잘 가.
나도 말했다. 조심해. 그는 말했다. 와. 나는 오래 고속버스
안에서 초마다 바뀌는 풍경을 보며 중얼거렸다. 와. 그런데
어디로? 어떤 먼 사막에서 온 먼지는 우리 사이에 있었네.

─잘…… 잘 자, 라는 말을 잘 가, 라는 말로 나는 착각하지
않았을까. 어떤 사랑이 살 때 할 수 없었던 말을 이제야 한
다. 잘, 이라는 말을 밤하늘의 별로 숨겨놓고 싶다. 그렇게
으스러지게 안아서 사라진 너는 내 손톱 속 정어리의 비늘
같은 초승달로 숨어 있다. 잘, 자 혹은 잘, 가.

2014년 4월 6일

─아침에는 조금 서늘하다. 작년에 선물로 받아 심은 사과나무에 싹이 돋기 시작했다. 이슬이 내린 잔디밭을 걷다보니 운동화가 젖었다.

─박찬일씨가 쓴 음식 칼럼들을 찾아서 읽었다. 먹을거리와 윤리에 대한 글들이 인상적이다. 특히 동물에 대한 예의는 나의 아주 오래된 화두이기도 해서 열심히 읽었다. 먹을거리를 보며 우리가 윤리의 문제를 사색하게 된 것은 그리 오래된 일이 아니라는 것을 재확인했다. 살아가기 위해 필요한 양만을 먹던 시대도 산업국가들에서는 이미 옛일이 되었다. 독일 역시 그러하다. 엉겅퀴로 수프를 끓여먹던 전후세대가 아직 이곳에도 있지만 이미 시계는 다른 방향으로 돌아가고 있다. 르네의 회상이 참 인상적이다. 그가 처음 이곳으로 왔을 때 뮌스터란드 농민들은 가축들을 들판에 내놓고 길렀다고 한다. 하지만 이제 그 모습을 보기는 힘들다. 특히 돼지들이 그렇다. 어떤 농가도 돼지를 바깥으로 내놓고 기르

지 않는다. 어딘가에 가두어놓고 기른다. 슈퍼마켓엘 가보면 고기 값이 엄청 싸다. 마켓들끼리 하는 가격 전쟁도 심상치 않게 치열하다. 짐승들이 사라진 들판. 그들의 영혼은 어디에서 헤매는가.

— 일요일 아침의 고요함은 은근히 불안을 증폭시킨다. 고요함을 고요함으로 받아들이고 즐기면 되지 이 무슨 딴소리인가? 일요일 아침만 불안한가? 기독교인들은 일요일 아침에 교회를 방문해서 예배를 올린다. 그러면 그들에게 이 불안은 없는가? 내가 사는 마을에는 일요일에 예배가 끝나고 난 뒤 프뤼쇼펜을 한다. 프뤼쇼펜은 오전에 깡술을 마시는 것을 뜻한다. 아마도 새벽부터 일어나서 일을 시작해야 했던 농부들에게서 시작되었을 이 풍습. 농부의 노동 시간은 도시인들과는 다르다. 새벽에 일을 시작한다. 그러니 그들에게 오전 열시쯤은 참으로 피곤한 시간이다. 그 시간쯤 그들은 두번째 아침식사를 하면서 술을 한잔 마신다.

―봄이다. 일찍 온 봄. 겨울잠을 자지 못했던 정원. 햇빛이 나오고 기온이 올라가면서 마을은 들뜬다. 내가 사는 거리는 괴테 거리이다. 한 블록을 지나가면 쉴러 거리가 나온다. 아마도 거리는 이 두 사람과는 아무 관련이 없을 터인데도 나는 그 이름이 좋다. 김소월 거리, 혹은 윤동주 거리에서 산다고 생각해보시라.

―치명적인 것은 겪지 않으면 쓸 수 있는 글이 없다는 것이다. 무엇을 숨기고자 하는 것은 아니지만 고백으로 문학을 할 수는 없지 않은가. 어스름한 저녁. 아주 오래된 종이에 쓰는 저녁. 지겨운 기다림. 아마도 내가 서울에 살았다면 이런 속박은 없었겠지. 구름. 연. 살 곳을 정하는 데 가장 필요한 것은 돈이 아닐까?

―마을의 봄은 시작되었다.

2014년 4월 7일

─이광호씨의 책 『사랑의 미래』를 정독했다. 시와 에세이, 그리고 소설이 교차하는 글이라고 그가 정의했으니 나도 그냥 '이광호의 책'이라고 부른다. 이 책은 문장들을 환기하는 힘이 있다.

─새 에세이를 시작하려고 마음과 몸을 정리한다. 몸은 정리되지 못하리라.

─이 마을, 이 마을이 나에게 환기하는 것은 내 자아는 어디에서 살든 환경을 낯설어한다는 것이다. 어느 계절에도 그랬다. 이웃의 나무들, 길들, 야생동물들, 사람들, 빛들, 소리들, 냄새들, 감각들, 감각들의 못 미더움, 미더움. 불안.

2014년 4월 8일

─바람이 그렇게 하늘을 가득 채웠는데도 그 채움을 뚫고 들

려오는 새소리. 왜 그들이 아침이면 저런 소리를 내는지 참 궁금해졌다. 어두운 하늘을 바라보다가 들어온다.

—7시 30분쯤 하늘은 맑아진다. 나는 불을 껐다. 글쎄, 오늘 나는 무슨 생각을 할 수 있을까? 벅차다. 또 오늘을 사는 것.

—어제 요가 시간에 생각한 풍경. 에디트 슈타인의 집. 이 여인은 철학자이다가 수녀가 되었지. 그리고 나치에게 살인당했고 성녀가 되었지. 진열장에 놓여 있는 오래된 싱어 재봉틀과 그 재봉틀 앞에서 일을 하고 있는 한 여인이 담긴 오래된 사진이 인상 깊었다. 이 집은 나이가 들어 더이상 집에서는 간병을 받기 어려운 노인들이 마지막 순간을 보내는 곳. 인생의 마지막 시간들 앞에 핀 왕벚꽃. 하지만 그 꽃그늘 아래에서 사람들은 차를 마시고 케이크를 먹었는지 뜨락에는 의자와 식탁들이 저녁 속에 저물어가고 있었다. 촛불이 흔들리는 시간. 바깥에는 왕벚꽃이 만발했다. 요가 방으로 오기 전에 나무 밑에 서서 꽃들을 바라보았다. 어라, 한 나무에

핀 두 가지 다른 빛의 꽃들. 진한 분홍과 하얀색의 꽃.

—이 고요함. 전율할 것 같은 고요함. 바람 소리조차 없어지
고 햇빛이 언뜻언뜻 지나간다. 다시 바람 소리. 다시 고요함.
의사에게로 가서 무슨 말을 들을 것인가. 누군가가 오는 소
리? 아니면 내가 가는 소리?

—얼굴 밥

　　너에게 쓰는 편지의 말들이

　　점점 줄어들더니 기어이 사라져버렸다.

　　봄날인 것 같다.

　　봄날이 아닌 나날,

　　갓 지은 밥에 머리를 숙일 적

　　밥알마다 네 얼굴이 있었다.

　　그러니 봄날 아닌 나날에 쓰인 편지들은

　　얼굴 밥이었던 것.

　　환한 꽃빛이 네 얼굴을 지우고 내 속으로 들어왔다.

볼이 메어지도록 밥 한 그릇 다 먹고

배불러 깊은 잠에 든다.

―고고학이라는 공부를 하면서 시간의 영속성 등을 생각했는데 이게 바로 후설이 말했던 시간의 호프였다. 호프, 나는 독일식 건축의 독특한 양식인 호프에 앉았다. 아마도 베를린이었을 것이다. 건물들이 마당을 사이에 두고 뺑 둘러서 있었다. 그 안 호프에 앉아 건물들의 창문을 바라보았다. 창문마다에는 다른 시간들이 흐르고 호프의 시간들도 다른 시간. 시간과 시간이 어깨를 곁으로 대고 흘러가는 것. 이것은 고고학적인 시간.

2014년 4월 9일

―어제는 사월의 날씨였다. 빛은 매 분마다 변했고 구름은 그만큼 빨리 지나갔다. 바람은 심하게 불었다. 비가 오더니 우박이 떨어졌다. 바람에 떠밀려 지나가는 비. 창문을 두들

기며 지나가는 비. 민정이가 내게 뮌스터 스케치라며 써서 보낸 글을 다시 한번 읽었다. 독일의 여행 안내서인 '무엇무엇 사용법'이라는 시리즈가 생각났다. 쓰다보면 답이 나오리라. 아직은 아닐 것이다.

2014년 4월 11일

—경숙과 병률이 다음주에 온다. 온다, 라고 쓰고 보니 간다, 라는 말이 먼저 떠오르네. 삶은 아직 가는 것을 사유할 만큼 젊구나. 그건 좋은 일이야.

—어제는 목요일이어서 슈탐티쉬로 갔다. 빌라는 말했다. 벌써 육 년 동안 매주 목요일이면 만나는 사람들. 내 일생에 이런 사람들이 있다는 게 너무나 신기하고 복이다 싶다. 세바스티안 문제. 그녀의 의붓아들인 세바스티안은 서른 중반이고 요리사이다. 그는 여태껏 이곳저곳의 레스토랑에서 일을 했다. 길게 일을 한 곳은 없었다. 새 일자리가 생겼다. 그

런데 그곳은 세계적으로 활동하는 체인점. 메뉴도 일 년에 한 번, 셰프들이 모여서 정하고 장도 봐주는 팀이 있어서 세바스티안은 그 규격 안에서 일만 하면 된다. 빌헬름이 물었다. 그의 요리사로서의 창의성은? 빌라가 말했다. 그래서 내가 말렸는데 한사코 좋다니 어쩔 수가 없어.

—울리케 가족이 이비자로 휴가를 떠난다. 그곳에서 열흘을 보내고 올 예정이라고 말했다. 빌헬름은 과거 파트너를 찾아주는 회사에서 여자친구를 찾은 적이 있다고 했다. 그는 아내를 잃었지. 그리고 새 사람을 찾았지. 다행이다, 그가 새 사람을 찾을 수 있어서. 그의 아내인 유타는 오지 않았지. 너무나 피곤한 탓이리라. 목요일까지 일을 했으니 목요일에 집으로 돌아오면 파김치가 되는 거겠지.

—마리타는 이제 슈탐티쉬로 오지 않을 것이라고 했다. 그녀는 보청기를 끼고 있는데 크나이페에서 쉬 섞인 사람들의 목소리 속에서 늘 혼자가 된다고 했다. 뒤섞여 들리는 목소리,

그건 소음이다. 나는 독일로 처음 왔을 때를 떠올렸다. 나는 독일 말을 잘 알아듣지 못했으므로 그건 소음이었다. 그런데 어떤 선생님은 못 알아듣는 이국의 기차역에서 들려오는 이국어가 좋다는 말을 했다.

—어제의 프랑스어 시간은 좋았다. 무엇보다도 거의 한 달가량 되는 방학이 온다는 게 좋았다. 이상하지, 수업도 좋은데 자유는 더 괜찮은 것 같다.

2014년 4월 12일

—벌써 사월 중반. 날씨가 좋아서 일찍 깨어났다.

—누군가가 소리 죽이며 할렐루야를 부를 때 환기되는 것은 무엇인가? 간절한 소망의 속삭임. 들판에서 토끼가 와서 내 마당의 상추를 뜯어먹고 갔다. 뭐, 나누어 먹으면서 사는 거지 싶다가도 아이고 내가 어찌 저 잎을 키웠는데, 라는 생각

—시작 메모

이 들면 억울해진다. 할렐루야, 골목에서 들려오는 할렐루야, 아주 나직한 할렐루야. 봄이 왔는데 어쩌자고 할렐루야, 부르는 걸까.

─소연이의 시집 『수학자의 아침』을 정독했다. 말하는 듯 겸손하고도 따뜻한 말들. 「두 사람」이라는 시는 정말 좋구나. 선인장에 찔린 잠자리. 안온하게 날개를 편 채.

2014년 4월 13일

─밤에 잠들기 전에 꼭 몇 줄을 읽어야 한다. 그런데 내가 잠들기 위해 요즘 읽는 책들은 대중소설들이다. 시를 읽으면서 잠에 들지는 못한다. 내가 시를 쓰는 사람이라서 더 그런가? 시를 읽는 것은 내 속살이 터지는 것처럼 아플 때가 많다. 읽어도 그만 읽지 않아도 그만인 책들을 읽는 게 잠의 건강을 위해서는 좋을 것이다.

―아침은 흐리구나. 어제 다람쥐가 우리집 베란다의 창문 앞에서 더 나아가려다가 멈추었다. 다람쥐 역시 창문에는 눈이 어두운 거다.

―게으름에 대한 반성. 일상만큼 게으름도 그렇게 자주이다. 독일인들은 내 속에 든 돼지,라는 표현을 쓰는데 물론 돼지에 대한 모욕은 분명하지만 그게 그렇게 틀린 표현은 아니다. 뚱뚱한 돼지를 게으르다고 생각하는 건 동서양 막론하고 그렇다. 이건 선입견일 뿐이라는 걸 밝힌 사람들은 돼지를 연구하는 학자들이 아니다. 돼지와 친하게 지냈던 환경보호자들, 채식주의자들이다. 하지만 식물과 동물의 차이점이 그리 많지 않다는 걸 우리가 만일 알게 된다면 그들은 무얼 먹고 살 수 있을까? 어떤 의미에서 동물을 살해한 고기를 먹지 않겠다고 말하는 도그마적인 채식주의자들은 우리의 야성을 짐짓 덮어버리려고 하는지도 모른다.

2014년 4월 14일

─오늘은 전형적인 사월 날씨가 될 거라고 한다. 구름은 잔뜩 끼어 있는데 간간이 햇살이 쏟아진다. 거미줄을 걷어내고 먼지를 털고 방을 정리하다보니 어제가 다 갔다. 이 집은 나 혼자 자주 청소를 하기에는 너무 크다. 내가 움직이고 살아가는 공간보다 비어 있는 공간이 더 많다. 손님이 오면 내어드릴 손님방이 있어서 좋기는 한데 손님을 맞이하고자 그 공간을 비워둘 수 없다. 누군가를 기다리는 텅 빈 공간? 텅 빈 공간을 바라보는 인간의 눈은 역시 자신의 심경만을 대비한다.

─공간은 인간의 눈에 맞게, 가 아니라 자신의 의지에 의해 존재할 것이다. 건축자재라는 물질의 속성이 공간의 의지를 만들어낸다, 라는 것이다.

─어제 창문을 닦으면서 아니 닦으려고 노력하면서 바깥을 바라보았다. 지난겨울 바람의 방향이 어쨌는지는 알 수 없

지만 가장 더러운 유리창의 부분이 아마도 지난겨울 가장 잦았던 바람의 방향일 것이다.

—오늘, 히터 정기 점검을 하러 사람이 온다. 누군가가 내가 모르는 기술을 가져서 나를 도와주는 것은 좋은 일이지만 오늘, 그 사람 기다리느라 하루 다 가겠네. 내가 운이 좋아서 이렇게 무사하게 살고 있지만 가끔 생각한다. 더 운이 좋았더라면 더 많은 무사하지 못한 일이 있지 않았을까?

—한번 사랑을 받기 시작하면 그동안 외면되었던 모든 말에게 무게를 덧붙인다. 사람들은 꼼꼼하게 다시 읽기 시작한다. 문장들이 허망하다 싶다. 삼십대에 글을 쓰지 않고 공부를 한 게 원인이지 싶다. 어디에 있든 평생 글을 놓지 않은 사람들만이 이 문장의 허망함에서 벗어나리라. 너무 일찍 온 문장들을 저주한다.

2014년 4월 15일

―르네는 따뜻한 곳을 좋아했다. 나 역시 그랬으나 내 꿈 가운데 하나는 가장 추운 곳에서 몇 달 보내고 집으로 오는 것이었다. 하지만 그 꿈은 이루어질 수 없는 것. 내가 몇 달 다른 곳에서 보내고 오면 르네는 살아남지 못할 것이다. 그러니 그 꿈을 접는다. 그와 함께한 삶이 나에게는 얼마나 풍요한 것이었는지. 어떤 사람도 나에게 그러한 삶을 주지 못했을 거다. 그러니 너의 따뜻한 꿈에 나는 동행하겠다.

―내가 이 노래를 부를 때 너는 나에게 있다. 나는 그러기를 바란다. 아마도 이 꿈은 이루어지지 않을 것이지만 나는 너라는 거대한 너를 바라보았다. 나 아무것도 아니지만 널 위해 국을 끓일 때 나는 그때만은 살아 있지 않았을까. 저 적막한 기다림의 발자국에 고인 꿀을 마시다 인생을 허비했다. 그리고 그 반대 도시의 바람. 나는 모든 도시를 저주하다 죽을 거야. 도시는 내 유언을 완성하지. 모든 날의 손님은 내 삶의 반경을 줄여버렸다.

2014년 4월 20일

─부활절 아침에 다시 제자리로 돌아왔다. 지난주 경숙과 병률이 왔었지. 우리는 뮌스터와 뒤셀도르프를 다녀왔다. 즐거웠다. 이 즐거움은 슬픔의 언저리를 가진 즐거움이었다. 경숙은 연두를 좋아했다. 병률은 뮌스터를 좋아했다. 우리는 물가에 앉아서 이런저런 농담을 했고 시간이 지나가는 것도 바라보았다. 뭘 더 쓰랴. 간단하게 기록만 하자. 그들이 온 것은 4월 15일 저녁 8시 44분이었고, 그들이 떠난 것은 4월 18일 오전 11시였다. 이 기억이 더 엷어지기 전에 뭔가를 기록한다는 것이 참 부질없다는 생각이 드는 부활절 아침. 세월호가 침몰했다는 뉴스를 여기에서 들었지. 아이들이 수백 명이나 죽어나갔다. 그 차가운 물에 빠져. 선장은 승객들을 두고 저 먼저 살겠다고 탈출했고, 구조 작업은 더디게 진행되고, 유족들은 진도대교를 걸어 청와대로 가려고 한다. 라면 먹는 사람은 여러 가지 모습을 가지고 있다. 내 기억 속의 라면 먹는 사람들은 언제나 안쓰러운 어깨를 가지고 있었다. 하지만 진도 체육관에서 의자에 앉아 라면을 먹

고 있는 교육부 장관의 뒷모습은 그리 아름다운 모습은 아니었다.

2014년 4월 22일

―어제의 일기예보가 틀렸는지 아침에 일어나니 창으로 가득 들어오는 햇살. 어제는 흐릴 거라고 했다.

―왜, 어떤 진술에 대한 판단을 자꾸 하려 드는가? 못할 말을 한 건 아니지 않은가 말이다. 이렇게 자꾸 내 탓을 하는 이유가 뭘까. 이 햇살 좋은 날에.

―친구들이 다녀가니 모어가 다녀간 것 같다.

―소박한 빛들이 나쁘지는 않을 것이다.

―세월호 뉴스를 거의 한 시간 반가량 보고 있었다. 분노, 절

망, 실망, 라면을 먹었던 교육부 장관, 페북에 국민의 미개함에 대한 글을 올렸던 정몽준의 19세 아들, 그들을 향한 비난. 멀리서 이런 것들을 바라본다. 이럴 일이 아니다. 누군가를 비난하는 데 쓸 시간에 냉정하게 사고를 분석하고 재난 시 나리오를 짜고 구조를 연습하는 것이 더 경제적인 일이 아닌가.

2014년 4월 25일

—르네가 아프다. 모든 일상이 다시 기우뚱한다. 불안하다. 위기가 또 닥쳐왔다는 이 기묘한 느낌. 어제는 내가 아팠는데, 오늘 아침에 일어나니 나의 병은 잠시 멈추었는데, 쓰면 그대로 이 상황이 고정될 것 같아서 그만 쓴다. 햇살은 쓰고 나는 불안하다.

—그곳에는 많은 일이 있다. 소리 없이 죽어가는 이들이 너무나 많다. 아이를 잃은 부모들은 어떻게 그다음을 살까. 아

니 살 수 있을까. 점점 아침이 두렵다. 즐거운 아침은 없다.

―착각이라는 말을 사랑하게 된 것은 착각의 상태가 끝날 때 웃음을 멈추는 비극이 당도하기 때문이다. 현진건의 「운수 좋은 날」 이후로 이 불안은 현실의 가장 무서운 적이 되어 내 삶을 어슬렁거린다. 잠깐 웃어넘겨버릴 수 있는 이 착각. 모든 것이 비명으로 끝날 비극이 시작되기 전에 가장 온전하게 잠깐의 행복을 완성해주는 착각. 어쩌면 인생 전체가 착각 이라고 생각하는 모든 내면에는 이 비극에 대한 예감이 들어 있다. 살고 있다는 착각. 죽어 있다는 착각. 이 모든 것이 아무것도 아니라는 착각. 착각. 어제의 착각을 오늘 반성하는 것은 아니다. 다만 오늘, 어제 한 착각에 대해 생각할 뿐이다. 기우는 배에 타고 있다는, 그래서 구명조끼를 입었는데 누군가는 말한다. 오히려 구명조끼가 생명을 위협합니다. 왜? 나에게 이 착각을 하게 만든 사람은 누구란 말인가? 누구 라는 말이 어울리나? 왜? 어중간한 삶이 나를 이끌고 간다. 나는 아무것도 가질 수 없는 순간 속에 들어 있다.

—구체적이지 않은 많은 것은 우리를 지루하게 하지. 시인들의 산문이 재미있는 것은 너무나 자신에게 초점이 맞춰져 있어서 그런 거 아닌가?

—시를 고치는 아침은 외롭다. 이렇게 고쳐야만 시를 쓸 수 있는 나이가 되어 더러 안심하기도 한다. 정녕 가고 있는 것이다.

—어제 쓴 시작 메모: 열매들이 간식을 드시는 잠깐, 비 잠시도 오네. 새참으로 작은 노래 하나, 간식 드신 열매들이 환한 얼굴로 여름의 죽음을 각오하고 익어가는 때……

2014년 4월 28일
—세월호 사건이 일어난 지 하루가 지난 날 독일인 구조 전문가는 생존자가 없을 가능성을 점쳤다. 물이 너무 차가워서 2시간에서 3시간가량만 생존이 가능하다는 거였다. 차가

운 물, 그리고 생존할 수 있는 가능성, 바다에 대한 착각, 삶이 영속되리라는 착각, 어려움으로부터 벗어날 수 있으리라는 착각. 왜 이렇게 날이 가면 갈수록 삶이 더 나아지지 않으리라는 생각이 드는가. 그것참 이상한 일이다. 어떤 어려운 일들은 삶을 다 집어먹는 아가리이다.

2014년 5월 26일

―오랫동안 일기 속으로 들어오지 않았다. 오월 내내 그랬다.

―메모 1: 그래, 모란 그늘이 들지 않니. 이 저녁에 붉은 그늘이 검은 그늘로 건너가면서 짓이겨진 꽃잎을 토해놓았다.

―메모 2: 신화는 인간적인 착각에 속하는 일이다. 해가 지는 것을 보면서 인간은 태양신과 달신이 오가면서 저녁이 오는 것을 받아들인다. 착각은 파탄을 예고하는 전령이다. 착각에서 깨어날 때 행운, 불운이 기다릴지 아무도 모른다.

─「운수 좋은 날」을 읽었다. 운수 좋은 날이라는 착각은 김 첨지가 이미 파탄을 점치면서 점입가경이 된다. "이상하게 꼬리를 맞물고 덤비는 행운" 앞에 든 겁. 그는 분석하지 않는다. 다만 경험한다. 그는 집으로 돌아가지 않으려고 한다.

─아마도 새로 시작할 산문에 대한 부담이 일기 쓰기를 방해했다. 어제는 이성복 선생의 일기를 읽었다. 얼떨떨한 마음이었다.

2014년 5월 31일

─이미지, 리듬과 더불어 시를 구체적으로 만드는 요소. 이미지, 그 자체의 존재 가능성. 덜 존재하는 것. 내가 지각하는 것, 그것이 이미지다(베르그송). 익는다는 것은 떨어질 거라는 예감을 가진다. 그 예감은 슬픔일까? 저 아직도 푸른 작은 체리들은 내가 느끼는 것을 모르고 나 또한 체리를 모른다.

2014년 6월 21일

―누군가 물었다

택시기사가 물었다.

무슨 일이 일어났나요?

빵집 아가씨가 물었다.

무슨 일이 일어났나요?

치과 의사가 물었다.

무슨 일이 일어났나요?

집 앞을 쓸다가 마주친 이웃이 물었다,

당신의 고향에서 무슨 일이 일어났나요?

나도 모른다, 고 말하는데

눈물이 났다.

사람들이 바닷속에 있어요.

엄마들이 울고 아빠들이 울고

삼촌 친구 짝사랑하던 소녀가 울고

잠수부가 울고

다 우는데 아무도 몰라요.

무슨 일이 일어났는지

영원한 실종을 완성할 일이

제 고향에서 일어났는지도 몰라요.

택시기사 빵집 아가씨 치과 의사 이웃은

알고 있었는지도 모른다,

독일 어느 마을에 사는 작은 동양 여인의 고향에서

무슨 일이 일어났는지

그들은 모른다고 말하는 나를

바라보면서 아무 말 하지 않았다.

무슨 일이 일어났는지

정말 모르겠어요.

이건 무의식 뒤 모든 배반의 손이

합작해서 판 무덤은 아니었을까요.

그 앞에 서서 우는 사람들의 영혼마저

말려버리는 사막의 황폐함은 아니었나요.

이십 년 동안 독일에 살면서

망설이면서도 포기한 적 없던

내 얼굴의 고향은 서러웠다.

길게 울었다 눈앞에 없는

바다 앞에서

고향의 수박 등이 흔들렸다.

2014년 7월 5일

─어느 저녁에 당신은

가장 아픈 밥을 먹던 날을 들려주었습니다.

아이들은 떠났습니다.

2015년 5월 30일

—너를 내가 처음 본 날은 언제였나. 맑은 날이었나. 아마도 겨울이었나. 아니면 다른 계절이었나. 젊은 예술가를 만나는 계절은 어떤 날씨이든 어느 계절이든 특별하다. 가장 혼자이고 가장 독특한 한 개인을 만나는 날. 그리고 너의 작업들.

—네 작업 속에는 글과 산수와 유리라는 한 예술가가 겹치고 겹치다가 스러지면서 한 편의 세계가 되는 풍경이 들어 있다. 그리고 너의 불안. 예술가의 불안은 예술을 완성할 터이지만 그 불안이 일상을 살아가는 인간의 불안일 때, 그리고 그 불안을 나도 잘 아는 터라 다만 나는 네가 이 길을 천천히 잘 걸었으면 했다.

—우리가 사는 시간은 인간을 고문하고 내쫓고 강간하고 우리가 사는 시간은 인간의 자연을 뭉개고 막고 우리가 사는 시간은 식물과 동물들을 인간의 노예로 만든다. 우리는 우

리가 가장 영리하고 그래서 모든 것을 다 안다고 믿지. 하지만 얼마나 많은 것이 아직 알려지지 않았는지.

─어느 날 뉴스에서 피가 따뜻한 물고기가 있다고 했다. 오래전부터 알려진 물고기였는데 그 물고기의 피가 따뜻하다는 사실은 처음 알려졌다고. 붉평치속의 물고기고 람프리스로 불리는데 영어권에서는 달물고기라고도 하지. 오렌지 빛이 나는 몸을 가져서 그렇게 이름을 지었다는구나. 나는 이 뉴스를 들으며 피가 따뜻한 물고기가 깊은 바다를 따뜻한 피로 헤엄치는 장면을 떠올렸다. 피가 따뜻한 물고기가 헤엄치는 바다…… 그건 미지이지. 그렇다면 피가 더운 뱀, 피를 흘리는 장미, 피를 쏟으며 사라지는 별들의 소식을 우리는 언젠가 듣지 않을까? 우리의 심장이 뛴다면, 그들이 질서라고 한 모든 바리케이드 앞에서 우리가 떨면서 앞으로 나아간다면 말이다, 아직 알려지지 않은 모든 세계를 향하여.

2016년 1월 27일

—시를 쓸 때마다 이 시를 쓰고 나면 끝일 거라는 생각에 사로잡힌다. 그 생각이 들 때마다 나는 스스로를 비겁하다고 생각한다. 시를 쓰는 것이 아니라 시간을 살아가는 존재를 쓰는 것인데 그 생각이 나를 오도 가도 못하게 하는 것이다. 존재라는 단어 속에 들어 있는 무거움과 시간이라는 휘발하는 가벼움 사이에서 글은 둔탁해지고 마음은 급해진다. 이 난국 속을 사는 것이 시쓰기의 어려움일 텐데 그걸 자꾸 비껴가려니 비겁한 것이다. 뼈가 아프다.

2016년 6월 2일

—낯선 언어. 나의 모국어. 낯선 이들. 낯선 세계. 의미 없는 나날. 얼어붙은, 저 너머의 단지 가득 불을 채워서. 영원한 것. 없는 것. 여름의 푸름. 그 위에 지나가는 무거운 구름. 홍수가 난 마을들. 떠내려가는 차들. 물에 잠긴 지하실. 물에 젖은 가구들. 흐름 앞에서 늘어져 있는 황톳빛. 잊히지 않는

먼 나라들. 전쟁이 있었다. 그리고 쓴다. 아직 물에 젖지 않은 것들을 위하여 오래 집을 치우는 사람들. 아픈 나날.

―어느 말이 있었다. 그 말은 이곳에서는 쓰이지 않는다. 아니다. 쓰는 사람이 살고 있기는 할 것이다. 이 도시에서 이 말을 쓰는 사람은 나뿐이며 이 말로 글을 쓰는 사람은, 더욱이 시를 쓰는 사람은 나뿐이다. 이곳으로 와서 나는 많은 말을 배웠다. 이곳에서 사용되는 공식적인 언어에서부터 내가 태어난 곳에서 처음, 외국어를 배우는 경험을 나는 이미 했으나 그때 누구도 그 말을 쓰면서 사는 생활은 상상을 못했기에 나의 첫 외국어 경험은 아, 외국어를 배우는 일은 이런 것이로구나 싶었다. 내가 그곳에 살 때 영어를 쓰는 외국인과 아주 가까이 접촉한 것은 선배의 신랑이 오스트레일리아인이어서였다. 영어를 곧잘 하는 선배가 결혼식 뒤풀이에서 신랑의 말을 통역했다. 말은 배우는 것뿐 아니라 쓰는 것이기도 하구나 싶은 이 신기한 경험. 영어 학원에 회화를 배우러 다니기도 했다.

―두번째 외국어가 이 도시의 말이었다. 정확하게 말하자면 이 도시가 자리잡은 나라에서 사용되는 표준어를 배웠으니 이 도시인들의 말은 배운 적이 없었으며 이 도시에서……

―어느 선배와의 대화: 이곳에 와서 공항에서 내려 기차역에 들어서면 나오는 안내방송. 차분한 목소리. 알아들을 수 없는 언어. 그래서 편하다고. 선배, 나는 그 말을 다 알아듣잖아요. 저는 어떨까요? 알아들을 수 없는 말들은 말일까? 아니면 소음일까?

―도시를 하루종일 걷는 날, 도시에서 내가 보는 것은 무엇일까? 나는 무엇을 보려 함일까. 한 청년이 구걸을 하고 있었다. 행인에게 말을 걸자 행인은 대답했다. 구걸하지 말고 일해. 아닌 게 아니라 이 나라에는 요즘 일거리가 넘쳐난다.

―그러나……

─아, 그렇다고 하네요. 아침에 차를 몰고 가면 날아가는 새들. 익어가는 밀들. 하루가 다르게 치렁거리는 나무들. 아마도 수양버들 같은 걸 본 모양이군. 치렁, 이라는 말을 쓰다니.

2016년 11월 28일

─아이들은 돌아오지 않고 억울한 부모들은 언 콘크리트 맨땅에서 잠을 자다가 운다. 푸른 몸을 가진 돌고래가 아이들을 태우고 광화문으로 들어올 때 빛들은 고요히 눈을 뜬다. 애도하는 마음을 안을 수 있는 팔은 없고 애도하는 마음을 뉘어줄 이불도 없지요. 분노. 기절의 시간들. 천박한 이들의 시간. 부끄러움을 모르는 이들을 위한 나라. 이 지상에 있는 한 나라는 시인에게 미학을 요구하지 않고 윤리만을 요구하던 천박성을 가졌습니다. 분노의 말들로 가득한 편지를 이제 쓰려고 합니다. 표현하는 말을 하는 연습이 혹독하게 필요한 겨울입니다. 그들은 다 어디로 갔을까요. 제 말만 하던

새들. 이 전쟁의 시간은 우리에게서 나와서 우리에게로 옵니다. 하지만 절대로 저들은 데리고 가지 않으려고 합니다.

─분노라는 단어 말고는 아무 단어가 생각나지 않았던 겨울이었다. 그들이 누군가를 감쪽같이 죽일 수도 있겠다 싶었다. 누가 무슨 말을 하더라도 다 믿을 수 있을 거라는 불안이 이 겨울을 덮고 있다. 살인에 대한 언설조차도 그 많은 추종자를 낳는다. 이제 아프리카에서는 상아를 가진 코끼리는 태어나지 못한다고 한다. 아름다움과 죽음 사이에는 아무것도 없다. 가장 더러운 것을 볼 수도 있었던 겨울이었다. 보다가 울다가 했다. 이런 날이 올 줄 나는 몰랐다. 아마도 누구도 몰랐을 것이다.

2016년 12월 1일

─추운 날이다. 바깥에 앉아 있다. 여기는 성 앞. 멀리서 누군가가 소리를 지르고 있는데 나는 알아들을 수가 없다. 언

제나 알아들을 수 없었다. 그곳에는 정말 무슨 일이 있는가. 나 울분도 분노도 엄청난 거리를 건너오면서 다 몸을 잃어버렸다. 이미지. 날도 추워지는데 다시 거리로 나가야 하는 사람들. 그들에 대한 예의만이. 이곳은 뮌스터 성에 있는 페스트찰. 학회가 열리는 이곳에서 지나간 시간 속에서 뭔가를 배우는 시간을 생각한다. 우리는, 혹은 나는, 지나간 시간 속에서 뭔가를 배울 수 있으리라는 생각을 하고 있는 걸까.

─지나가는 자전거들의 불빛을 바라보며 잊힌 것들이 돌아오는 것을 느낀다. 나는 모른다.

2016년 12월 5일

─한 시대의 시스템을 지탱시키는 것이 사이비 종교와 유사한 심리 저층이었다면 우리는 그 심리 저층을 혐오해야 하는가?

—겨울입니다. 무슨 말을 하려고 하는 입술이 다 얼어붙는 겨울입니다. 분노도 싸늘해집니다. 이제 앞을 내다보지 않으려 합니다. 발목을 붙들고 있는 것들을 생각하기로 합니다. 장갑을 잊고 오래 걸었던 탓에 손은 좀처럼 풀리지 않습니다. 다시 악몽에 대해서 생각합니다. 야만의 언어들. 그 언어들이 악몽입니다.

—코끼리의 결심. 우리는 결심했다, 더이상 송곳니를 가진 아이를 낳지 않기로. 당신들이 상아라고 부르는.

—아픈 사람을 위로한다는 건 아무도 하지 못할 일. 이 도시에서 가장 오래된 카페가 문을 닫았다. 아픈 이. 조각조각 썰어놓아야 한다. 무엇을. 병원을 자주 가야만 했던 나날에도. 그들은 어디에 있나. 사랑하는 이들만 기억하던 이름을 가졌던 그들은. 나는 그들을 덜 사랑하여 이름조차 잊었네.

—어제의 말: 독버섯과 순혈. 국정 역사 교과서에 들어가기

로 예정되어 있던 단어들. 이 말들은 거의 나치들이 쓰던 말. 독버섯이라는 말 뒤에 괄호를 치고 유대인이라는 말을 넣어보자. 순혈이라는 이 극악한 말은 또 무엇인가. 이것은 인종주의자들이 할 수 있는 말일 것이다. 조사가 필요.

─저녁이면 새들도 배고플 거라고 생각하니 마음이 무거워졌다. 어둠을 밝히느라 불을 켠 방들엔 저녁을 다스릴 눈이 생긴 것 같다. 그 눈들이 글썽거린다, 어둠 속에서 어둠 속에서 밝게 우느라.

─구체적인 것들. 차가운 손. 이야기는 시작되어야 할 것. 아픈 허리. 누군가의 늙어가는 옆모습. 낡은 구두. 차가운 물. 굳은 손. 붉은 열매들. 차가운 겨울 하늘을 날아가던 비행기들. 돌아가던 풍력발전기들. 공기. 맑고도 차가운 공기. 잠. 인터넷. 고래들은 먼 거리에서도 서로의 안부를 물을 수 있다고. 그러니 고래들은 편지를 보내지 않지.

—어디에서 이 이야기는 시작되어야만 할까? 아마도 내 출생 이전에서부터. 내가 태어날 거라는 아무 기별이 없었던 시간 속에서 시작되어야 할 것이다. 역사적 인간이라는 존재를 인식하지 않지 않는다면 이 이야기는 시작될 수도 없다.

—매일 보는 풍경에서도 슬픔은 보인다. 멀리서 닭이 우는 소리가 들리고, 차가 지나가는 소리가 들리고, 이웃이 창문을 여는 소리가 들리고, 혹은 새벽에 가득한 짐을 트럭에서 내리던 이가 후루룩 컵라면을 먹다가 겨울 햇살에 눈을 찌푸릴 때, 언 손 위에 차가운 눈이 내릴 때, 텅 빈 편지함을 닫을 때, 불쑥 어떤 얼굴이 떠올랐는데 그 얼굴이 누구의 얼굴인지 모를 때, 결국은 혼자라고 말하는 이를 두고 자리에서 일어날 때, 누군가가 낙원과 고향을 이야기할 때, 그리고 알았을 때, 그는 이 지상에서 가장 사랑하던 이를 잃어버렸다는 것을, 그리고 언젠가 나에게도 그런 시간이 오리라는 걸 알아차릴 때, 아무도 말해주지 않을 때, 그때가 언제인지 이를테면 손에 대해서, 손, 형상적으로, 메타포로, 아니면 특정 사

물인 손과 나의 관계를. 어떤 지점에서 시는 나오는가?

─도시의 석회암들은 저녁 빛을 서서히 머금고 어둠으로 들어간다. 가로등이 곧 켜질 것이다.

─어느 겨울 오후에 시내로 나갔다가 박물관에 들렀다. 그곳에서는 새 전시회가 열리고 있었다. 겨울 오후의 빛은 도시의 모든 석조건물을 아릿한 우울 속으로 끌고 들어온다. 뼛속까지 들어올 차가운 겨울 어둠을 걱정하는 것처럼. 그런 날 도시 박물관의 한 귀퉁이에 작은 전시회가 열린다고 했다. '사라진 도시 아드나의 마지막 흔적들'이라는 제목을 달고 있었다. 아드나, 라는 도시를 나는 들어본 적이 없었다. 하지만 어느 사라진 도시의 마지막 흔적이라니. 티켓 값도 그리 비싸지 않아서 전시회를 보기로 금방 결정을 했다.

2016년 12월 12일

―불안은 자꾸 잠을 잘라둔다. 돌아오지 못할 것이다. 어느 날 긴 밧줄 같은 잠에 묶여 불안이 나오지 못할 만큼 자야겠다.

―해저음, 긴수염고래, 라는 말을 생각했다. 잠시 나갔다가 들어와서 오래된 잠을 끄집어낸다.

―낭만주의와 인상주의에서 초현실주의로 들어가지 못했는가? 아닐 것이다. 초현실이란 어떤 세계의 수평적인 공존, 그 착각 가운데 시작되는 것이다.

―귤

　밤에 귤 한 알을 깐다.

　밤에 지구만한 귤 한 알을 깐다.

　밤에 돌지 않은 열매의 껍질을 벗기다가

　이를테면

움직이지 않는 열매들이 둥근 것은 무엇 때문인지 생각
한다.

나는 움직이고 열매는 껍질을 잃는다.

아직 누군가의 사랑이 되어보지 않은 열매는 시고도 달았다.

돌에 지구의 언어가 얼굴을 들여다보면 열리는 시간이 있다.

새를 발명한 것은 언어였다.

화석

굴뚝에서 연기가, 사람이 살고 있는 곳에 연기가,

땅의 피부

누군가가 버리고 간 깡통이 있는 저녁

고양이가 물고 들어온 저녁

나는 고양이에게 저녁을 받는다.

─하루라도 저녁이 없었던 날은 없었다. 태양이 내려놓고 간

저녁을 고양이가 물고 들어온다. 누군가가 어둠 속에서 길 고양이에게 먹이를 주고 있었다. 이 도시를 안고 잠이 드는 녀석들이 많았다. 아이들에게 참치 캔을 주려고 하다가 저 녁을 되받아온다.

—저 드러난 산등성이 보여주는 것은 가슴을 가르고 들려주 는 역사이다.

—지난 한 달 동안 정치가 너무나 깊숙하게 내 안으로 들어 왔다. 현실 정치란 너무나 추상적이다. 너무나 가까이서 보 아서 그럴 것이다. 많은 것이 보이지 않았다. 쓰는 내가 쓰는 일에 아무 의미를 부여할 수 없는 것은 눈앞에 있는 고독 때 문인가, 아니면 그 일에 대한 염증 때문인가. 어떤 의미에서 글을 쓴다는 일은 정말 아무 의미가 없는 일인지 모른다. 더 구나 시를 쓰는 일은 더더욱.

—화석. 거울. 몇몇.

2017년 1월 16일

—추운 날이다. 어제 눈이 내렸고 아침에 일어나니 눈은 녹지 않고 땅에 머물러 있었다. 슈퍼마켓에 가니 겨울 야생동물 먹이 세트가 가판에 놓여 있었다. 새 먹이도. 점심을 먹고 도서관에 왔다. 컴퓨터를 켜고 아침에 읽은 뉴스를 생각했다. 삼성 부회장에게 구속영장이 청구되었다는 소식. 경제보다는 정의가 더 중요했다는 특검의 말. 정의라는 말이 이렇게 신선하게 들리는 것은 참 오랜만이었다.

—시를 쓰는 일이 중요하다고 생각한 적이 없다. 시는 살아가는 틈과 틈 사이에서 나올 것이라고 믿었다. 그 저절로 솟아나는 힘을 믿었다. 아침에 나가면 돌아오지 않는 꿈 같은 게 거리에 있다는 생각이 든다. 저렇게 악한 이가 있다는 걸 나는 모르고 내가 악하다는 것도 나는 모르고. 어쩌면 알 수 없는 힘이라는 게 있지 싶다.

—아이들은 공부를 하고 있다. 멀리서 누군가가 마당을 쓸고

있다. 연필을 쥐고 옛 단어들을 적어보는 저녁이었다.

─가령 누군가의 시가 환기시켜주는 시간. 그 시간이 중요하다는 것.

─성당 옆에 선 가로수들은 성당 벽을 피하여 도로 쪽으로 가지를 뻗고 있었다. 여름이면 몰랐는데 겨울이 와서 잎들이 떨어지고 가지들만 남으니 그것이 보인다. 아마도 볼 수 있는 시간이란 정해져 있는지도 모른다.

─점심을 먹은 작은 이태리 식당. 가지의 씨를 도려내고 길고 가늘게 썰어 소금에 절여두었다가 6주 후에 소금기를 빼고 양념을 한 음식을 먹었다. 마늘, 펜넬 씨앗, 올리브유, 소금을 친 것 같은데 참 맛있었다. 처음 먹어보았다. 처음에는 무언가 했다. 서빙을 하는 분에게 물어보니 절인 가지라고 했다. 그 말을 듣고도 믿기지 않았다. 아, 이렇게 가지 음식을 하는구나. 참 감동적이기까지 했다.

―무기력하다. 글을 쓰는 시간이 두려웠다.

―복도에서 누군가가 소리를 높여 웃는 소리가 들린다. 브라질에서 온 안드레아가 도서관으로 들어와서 제자리에 앉는다. 자줏빛 니트 원피스를 입었는데 참 잘 어울린다. 집에 가면 빨래를 해야겠다고 생각했다. 저녁밥을 하고 자리에 앉아 책을 읽다가 잠드는 겨울밤이 좋다는 생각을 하다가 가끔 겨울밤에 연극을 보러 가거나 음악회에 가는 것도 나쁘지 않다는 생각을 한다.

―아주 오래된 야생동물의 이름을 생각하는 겨울밤. 고라니, 삵, 괭이, 그 말고도 얼마나 많은 야생동물이 겨울밤을 살다가 갔는지. 그리고 이제 나는 그들의 이름조차 잊어버렸다. 그들이 돌아다닌 숲에서 너무 멀어져버렸다. 그리고 그 숲을 산을 다니던 시간과도. 붉은 열매가 박힌 겨울 숲에는 물이 얼어붙은 웅덩이도 있었지. 서면 괭이만한 산토끼가 위풍당당하게 걸어다니기도 했지.

─그 섬은 어떤가. 섬의 작은 집에 앉아서 바깥의 겨울을 바라보며 비빔국수를 먹는 것은 어떠한가. 아니면 시장에서 사온 물미역으로 초무침을 하다가 설설 끓는 듯 눈이 내리는 풍경을 바라보는 것은 또. 귤을 까면서 화산을 생각하거나 불가사리를 보며 이국의 화석을 떠올리거나 투구게를 생각하며 더이상 상아를 가진 아이를 낳지 않으리라 하던 코끼리를 생각하는 것은. 누군가가 복도에서 기침을 하는구나. 겨울이 아직 이 얼어붙은 겨울이, 이곳에는 있어 나는 가끔 우는 일보다 울지 않는 일이 더 힘들다는 사람들을 좋아한다는 생각을 한다. 아주 작은, 추운 바다에서 사는 새우를 삶아서 마요네즈에 버무려 속을 파낸 토마토 안에 넣어서 먹는 브뤼셀의 음식.

─함부르크 시립 음악회관이 문을 열었고 개관 기념 연주회를 졸면서 보았다. 건축물 바깥도 장관이지만 안은 더 장관이었다. 객석은 마치 비행접시 안에 사람들이 모여 있는 것 같았다.

—구부러진 어깨. 저녁을 무치는 손. 살강거리는 저녁 빛. 일종의 그리움인데 가끔 나는 이 세계에 온 것이 참 좋지 않은 일이라는 생각을 한다. 고라니가 오다가 돌아서서 가버렸다. 툭, 밤이 떨어졌다. 고개를 들어 올려다보았다. 다람쥐가 겨울 빈 나무를 기어오르고 있었다. 작은 발이 움켜잡고 있는 겨울은 애통할 만큼 매서웠다. 자연에는 인간의 윤리가 없다.

—겨울 저녁을 입고 너는 돌아왔다. 장바구니에 든 한 근의 고기와 채소로 국을 끓이려고 했다. 네가 벗어서 옷걸이에 걸어둔 겨울 저녁에는 애통한 냄새가 묻어 있었다.

2017년 1월 26일

—겨울 물소리가 들려서 잠에서 깨었다. 꿈이 물이 되어 흐르는 것 같았다. 깊은 곳에서 숨을 죽이고 있던 소리, 해저음. 시는 하나의 해저음이다.

—미학적 완성이 최소의 목표여야 한다. 윤리적 진술은 아마도 의도하지 않은 사이에 미학적 완성이 성취되면서 따라나오는 것이다.

—생일은 나이를 먹을 때마다 한 사람을 어린아이로 되돌려놓는다.

—히아신스를 사면서 꽃이 필 때를 기다리는 마음이 참 귀엽다는 생각을 한다.

2017년 1월 27일

—텅 빈 과자 봉지를 안고 아이가 치는 손뼉. 자전거는 도착하고 분홍 두건을 쓴 여인은 휴대폰이 든 박스를 가지고 온다. 마을은 모든 지붕이 눈에 덮여 있다. 활엽수의 모든 가지를 따라 덮인 눈. 손을 모으고 영원히 돌에 갇힌 손도 낡아간다. 저 쓸모없는 의전의 식기들. 이제 갓 태어난 염소 아가들

은 어두운 집안을 뛰어다닌다. 네 출생을 위하여 일부러 집 안에는 침침한 불만 켜두었단다, 아가야. 불 꺼진 눈 덮인 마을.

2017년 3월 6일

―이 무슨 나태란 말인가. 글을 쓰는 시간이 싫고 모든 글 쓰는 행위들이 그저 허접해 보이는 나날이었다. 아픈 사람과 함께 사는 나날.

2017년 4월 2일

―봄이 오기까지 걸리는 시간이 있다. 올봄이 그랬다. 겨울 동안 그런대로 열심히 잘하고 살았던 것 같은데 무슨 잘못을 하고 벌을 받는 양 봄은 좀체 올 기척이 없었다. 식구 가운데 하나가 병원에 입원하고 있을 때였다. 겨울을 그런대로 잘 넘기겠구나 싶었는데 그는 결국 이월 중순에 대학병원에 입

원을 하고 말았다. 원래 심장질환 외에도 여러 병이 있어서 아슬아슬하기는 했다. 그리고 겨울 끝자락에 결국 면역체계에 이상이 생겼다. 신종 독감 바이러스가 그의 몸에 서식하고 있었던 것이다. 입원한 지 이틀 만에 그는 격리병동으로 옮겨졌다. 그를 방문하려면 감염을 피하기 위해서 마스크와 장갑, 수술하는 의사들이나 입을 법한 일회용 가운을 입어야만 했다. 병동 침대에 누워 있는 그를 갑갑한 마스크를 쓰고 몇 시간 동안 바라보다가 창밖을 보니 겨울은 물러나지 않을 것처럼 헐벗은 나무들 사이에서 진을 치고 눈을 녹이지 않았다.

—매일매일 병문안을 하는 막바지의 겨울길은 몹시도 추웠다. 바람까지 부는 날이면 잔뜩 고개를 숙이고 걸어야 했다. 병원에는 아픈 사람들로 가득차 있었고 그들을 방문하는 이들은 걱정스러운 표정으로 서성거렸다. 문병이 오래 걸리는 날이면 병원 구내매점으로 가서 커피와 간단한 샌드위치를 사서 매점 안에 마련된 작은 라운지에서 먹곤 했다. 공간이

좁아서 더러 낯선 이들과 합석을 하곤 했는데 다들 굳은 표정으로 서둘러 식사를 마치고는 종종걸음을 치며 사라지곤 했다. 그들도 돌봐야 할 가까운 이들이 있기 때문이었을 것이다.

—어느 날 책을 읽고 있는 할머니와 합석을 하게 되었다. 내가 커피를 급하게 마시며 샌드위치를 채 다 씹지도 않고 넘기는 걸 할머니가 보았던 모양이었다. 할머니는 나에게 물 한 병을 건네주었다. 그러곤 말했다. 자신은 아들 때문에 벌써 육 개월 동안 이곳을 드나든다고. 난치병으로 아들은 하루하루 병마와 싸우고 있다고 했다. 그러고는 내게 말했다. 이렇게 급하게 먹고 병자에게 돌아가려는 걸 보니 당신에게는 희망이 있는 거라고. 자신은 더이상 급하게 병자에게 돌아가려고 하는 걸 포기했다고. 물을 마시고 천천히 희망을 곱씹으며 가라고 했다. 그때가 좋은 거라고. 나는 할머니를 뒤로하고 나오다가 돌아다보았다. 그녀는 혼자 남겨져 읽고 있던 책을 다시 펼치고 있었다. 아주 두꺼운 책이었다. 겨울

동안 읽었을 책을 그녀는 얼마나 더 오래 이 라운지에서 읽어야 할지.

─그러나 희망은 좀처럼 오지 않았다. 아니 점점 더 멀어지고 있었다. 어느 날, 그는 열이 사십 도가 웃돌고 온몸이 마비되는가 하더니 의식을 잃고 말았다. 의사와 간호사가 동분서주하며 해열을 하고 마비된 몸을 푸느라 정신없이 뛰어다니는 동안 내가 그에게 할 수 있는 일은 없었다. 나는 멍하니 서 있었다. 산소마스크를 하고 누워 있는 그를 보며 이렇게 그를 놓치는구나, 싶었다. 그런데 바로 그 순간, 이렇게 놓쳐서는 안 되겠다는 생각이 들었다. 나는 그의 손을 쥐고 다시 돌아오라 돌아오라고 했다.

─그날 집으로 돌아가는 길에 눈비를 동반한 바람이 불었다. 나무는 새순을 낼 생각이 없었고 꽃은 꽃을 피울 꿈도 꾸지 않았다. 희망이라니. 희망을 가진다는 것은 그리 쉬운 일은 아니었다. 그가 입원하고 있는 동안 어떤 날은 곧 일어나겠

구나 했고 어떤 날은 영영 집으로 돌아오지 못하겠구나 싶었다. 나는 길가의 벚나무 밑에 한참 서 있었다. 이 나무에 꽃이 피는 날, 우리는 같이 꽃을 볼 수 있을까? 봄이 오는 걸 그저 계절의 변화라고 생각하며 덤덤하게 바라볼 수 있을까? 언제나 그랬던 것처럼.

—그리고 몇 주가 지나고 난 뒤 그는 거짓말처럼 퇴원을 했다. 의사는 퇴원을 할 수는 있지만 계속 지켜보아야 하며 독감 바이러스가 약하게 만든 심장에 이상이 생기면 그길로 다시 입원을 해야 한다고 했다. 그를 집으로 데려오고 난 뒤 나는 죽을 끓일 노계 한 마리를 샀고 마늘을 넣은 닭죽을 끓였다. 그는 닭죽을 쉬엄쉬엄 넘겼다. 그리고 가끔 창밖을 바라보았다. 그 역시 봄을 기다리는 모양이었다. 제법 따뜻한 느낌이 도는 햇살이 번지는 것을 보고는 희미하게 웃었다. 나는 그를 침대에 누이고 마당으로 나와 겨울이 어질러놓은 것들을 치웠다. 이제 봄이 올 것이다. 봄이 올 동안 많은 일이 있었으나 기어이 봄은 와서 나무에는 꽃이 피고 잎은 점점

돋아나며 그 나뭇가지 사이로 새들은 깃들어 올해를 보낼 둥지를 지을 것이다. 그렇게 치러야 할 일을 다 치러야만 봄이 올 것 같은 삶의 느낌은 어려우나 나쁘지는 않았다.

2017년 4월 24일

―비극적인 얼굴. 죽음에 언제나 한 발을 들여놓고 사는 삶. 사실 그에게 드리우는 것은 죽음의 그림자인데 그는 살려고 하는 것이다. 그 삶은 어떻게 유지되는가? 보여주지 않으면서 숨기면서 시작된다. 언제나 그랬다. 매일매일 만나는 것이다, 비극을. 언제나, 언제나, 언제나, 언제까지나. 나는 그러나 보고 싶던데. 만만한 게 너다. 모든 비극은 행복한 사랑 이야기로 시작된다. 그러나 우리가 가는 곳은 그곳이 아닐 게다. 그날 그곳에는 눈이 왔다. 경복궁이었다. 꽃이 피었는데 눈이 왔다. 노란 산유화 사이에 흰 눈발이 휘날리고 있었다. 그곳에 오래 서 있었다. 문득 네가 올 것 같아서였다. 이 이야기는 이렇게 시작된다. 한 사람이 한 사람을 기다리며

봄꽃 사이에 휘날리는 봄눈을 바라보는 것으로. 눈앞에서 어른거리는데도 아무것도 현실이지 않은 것들 사이로 눈이 내렸다.

—아닐 게다. 그날은 눈이 오지 않았고 추웠다. 건조했다. 그리고 돌아보지 않을 일만 남았다. 그들이 쓸 수 없었던 시간. 언제나 그랬다. 쓸 것이다.

—오래 지지 않는 꽃들. 오래 서 있지 않는 나무들. 오래오래 그 자리에 있을 사물들. 그리고 이루어지지 않을 꽃잎들. 내 의지대로가 아닌 꽃잎들. 모든 울음이 들리지 않는 시간들. 그렇지 않다. 그 시간은 없는 것이다. 누군가는 말하지. 밤은 무엇인지? 신 너트가 산책을 하는 시간이라고. 이 시간 동안 무엇을 하느냐고 누구는 묻지. 나는 돌아가지 않을 산책을 하면서 웃는 시간이라고. 그리고 나는 말하지. 잘 지은 모래성 안에 개미가 기어들어가는 장면을 보고 싶어요. 그 집은 내 집이니까 개미 한 마리 정도는 있어야 세계가 이해되려고

해요. 그리고 숲에는 이제 아무도 살지 않지요. 너는 어느 정도로 세계를 사랑하는가? 그리고, 그리고, 폐인처럼 봄이 안기는구나. 사실은 속물인데. 모든 고독을 유배 보낸다. 이제 고독 없이 혼자 있을 것이다.

—위험한 다람쥐. 위험한 새. 너는 배우니까. 매번 하는 말이지만 그랬다.

—이미 떠나간 많은 것이 떠나가서 좋은 날도 있는 겁니다. 아무리 오늘 책을 보아도 집중은 되지 않을 것이다. 그리고 아무 일 없이 봄날이 갈 것이다. 아무 일 없이.

2017년 6월 21일

—이 병원으로 나는 응급차를 타고 왔다. 새벽 두시경. 응급차는 두 거대한 탑으로 상징되는 이 대학병원 응급실로 나를 데려다주었다. 2017년 6월 13일. 그리고 나는 지금, 2017년

6월 21일 16시 42분에 의사들을 기다리며 이 글을 쓴다. 이 병실에는 나 혼자이다. 이 병실을 같이 쓰고 있었던 맹인 여자는 정오 무렵 퇴원을 하고 아직 새 환자는 도착하지 않았다.

—일주일 동안 나는 잠을 잤고 아무것도 먹는 것이 허락되지 않아 링거를 통해 미네랄워터와 올리멜이라는 기름과 설탕으로 이루어진 이상한 액체를 혈관 속에 흘려보내는 것으로 양식을 대신했다. 하루에 한 번은 검진을 하러 이 종합병원 곳곳에 흩어져 있는 검사실, 검진실을 휠체어에 실린 채 다녔다. 이제 곧 의사들이 온다. 아마도 그들은 몇 번 암시를 준 대로 내가 암이라고 진단할 것이다. 그리고 여러 테라피를 제안하거나 아니면 더이상 치료법이 없다고 말할 수도 있을 것이다. 나는 그런데 무슨 생각을 하나. 드디어 이 글을 쓴다. 일주일 내내 나는 쓰지 않았다. 쓰고 나면 돌이킬 수 없을 것 같았기에……

—이 병. 나는 비장해지고 싶지는 않지만 그렇다고 이 사실을 은폐하거나 감추고 싶은 생각도 없다. 병과 나는 어떤 관계가 있을까. 관계가 있기나 한 걸까.

2017년 6월 24일

—어제 다시 의사와 이야기를 나누었다. Curative. 낫는 것을 목표로 하는 치료.

2017년 7월 5일

—병원의 아침 일상. 평일. 먹는 것이 허락되지 않는 나날이 흐르고 있다. 링거로 연명하는 삶. 이 거대한 병원이라는 시스템. 삶과 죽음이 어깨를 나란히 하고 삶을 살고 있는 기괴한 장소.

2017년 7월 7일

―새로운 양식을 처방받았다. 내 몸의 상태에 마침맞게 처방된 식량. 나는 저녁이면 미치도록 먹는 이들의 영상을 본다. 그림 속에는 아이건 어른이건 맛있는 것을 찾아다니며 먹는다. 먹는 행위에 첨가된 맛있다는 탄성은 거의 탄식과 가깝고 그들은 마치 대신 울어주는 곡비와 같다. 다음주 월요일이면 두번째 항암 화학 치료를 받는다. 나는 잘 모르겠다. 이런 과정이 나를 삶으로 이끌 수 있을지. 벗들은 괜찮을 것이라고 했다. 그들이 고맙다. 미안하다. 몸에 대한 아무 생각이 들지 않는다. 몸에 대해서 글을 쓴 수많은 이의 이름이 하나도 생각나지 않는다. 그들은 우주에 대해서 쓴 것이다. 그러나 그 우주는 어디에 존재하는지 분명하지가 않다.

―트렌치코트를 입은 어머니와 함께 북해를 건너는 소년이 꾼 꿈을 읽었다. 연어 빛의 스카프를 둘렀다고 소년은 적었다. 소년은 무엇을 더 기억하고 있을까? 아마도 북해가 기억하는 것이 소년보다 더 많을 것이다. 북해는 소년보다 더 나

이가 많고 북해는 소년보다 더 오래 존재할 것이기 때문에. 그것은 소년도 북해도 위로하지 않을 것이지만 말이다.

─그것은 내가 꾼 꿈이다. 아직 건너가지 못한 많은 강은 잇몸이 불어나 울었다. 아픈지 바람이 분 것인지 알 수 없었다. 그리고 강은 이름을 남기지 못한 이들의 영혼을 안고 건너갔다. 지금 내가 기억하는 강의 이름은 아무도 기억하지 않는 이들이 불러준 것이다.

─나는 소년이 환자를 진료하는 것을 들었다. 그 소년은 나를 진료하기도 했다. 나는 아직도 이 상황이 이해되는 것이 아니다. 그래서 이 상황에 등장하는 모든 이는 이름이 없고 어리다.

2017년 7월 10일
─오늘은 두번째로 항암 화학 치료를 받아야 하는 날이다.

그런데 받을 수 있을지는 모르겠다. 백혈구의 증가로 항역력이 약화되었기 때문이다. 그리고 포르트의 바늘을 새로 바꾸었다. 7일 만에 한 번은 바꾸어야 한다고 했다. 이 모든 것을 적어둔다. 아마도 병상을 꾸려가는 데 도움이 될 것이다. 어젯밤 나는 거의 잠을 이루지 못했다. 여기서 살아 나갈 수 있을지를 생각했다. 그렇다고 죽음이 딱히 실감나는 것도 아니다. 살기 위한 긴 싸움을 하는 느낌이라기보다는 또다른 모습으로 살아간다는 느낌이 든다. 물론 얼마나 갈지는 모르겠다. 이 순간 내가 할 수 있는 일은 아마도 시를 생각하고 쓰는 일이겠지만 그마저도 앞으로 두 달간 일어날 일을 생각하면 집어치워버릴 수도 있는 일이라는 생각이 든다. 처음 경험해보는 시간이 시보다 더 중요하지 않겠는가? 그것이야말로 시 쓰는 인간들의 근원적인 불편이 아닌가? 시 쓰는 인간뿐인가. 예술을 하는 인간들의 근원적인 불안. 바로 예술은 예술 내의 필연으로 생겨나는 것이 아니라 삶의 우연으로 생겨난다는 것. 수공예가가 아닌 예술가가 진정 드문 것은 이 때문일 것이다.

―십이층의 드넓은 창문으로 바라보는 여름 새벽으로 새떼가 날아오른다. 저 멀리 아직도 불을 켜고 있는 건물들 사이로 새들은 날아간다. 이 풍경을 나는 얼마나 기억하게 될까? 죽음에 대한 사유와 기록이 그토록 많은 것은 누구에게나 다 가올 일이기 때문일 터다. 이 단순한 일에 우리는 얼마나 많은 이유를 대는가? 하늘을 바라보는 것은 과거를 바라보는 것이다. 땅이나 땅속을 바라보는 것도 마찬가지다. 그런데 하늘과 땅 사이에 있는 그 모든 것은 과거인가, 아니면 미래인가? 나는 과거에 속하는가, 아니면 미래에? 아니면 단 하나뿐인 현재에 속하는가? 과거를 보고 있는가? 그리고 얼마나 많은 나날이 지나가야, 지나가야만 하는가? 그들은 아마도 이곳에 없을 것이다.

―김현이라는 불문학자이자 문학평론가의 글을 단 한 편도 읽은 적이 없는 이들도 반포치킨에 가면 그의 이야기를 한다. 반포치킨에서 치킨과 맥주를 먹는 이들의 숫자는 아마도 김현의 글을 읽은 이들의 숫자보다 훨씬 많을 것이다. 그

것이 나쁜 일은 아니나 좋은 일도 결코 아닐 것이다. 그러나 이것은 어떤가? 이런 물음을 해보는 것. 김현은 살아 있는 자로부터 기억되고 있는가? 그의 글을 통해서가 아니라 그의 주변의 에피소드에 의해서 기억되는 것은 기억되는 것인가?

2017년 11월 12일

—오래전, 지금 사는 집으로 이사를 했을 때 부엌 한 귀퉁이에 뒹굴고 있던 십자가를 발견한 적이 있다. 황동으로 만들어진 오 센티미터쯤 되는 작은 십자가였는데 아마도 전 주인이 잊어버리고 챙기지 못한 십자가였던 모양이었다. 나는 기독교인이 아니다. 하지만 십자가를 내 것이 아니라고 해서 쓰레기통에 버릴 수는 없었다. 누군가가 이 작은 십자가에 의지해서 어두운 시간을 밝혀내려고 했을 것이기 때문이다. 십자가를 나는 내 책상 서랍 안에 넣어두었고 잊어버렸다. 그러던 어느 날, 무언가에 의지하지 않으면 살아내기 힘든 지경까지 삶에 불행이 찾아왔을 때 우연히 책상 서랍 안에서

십자가를 발견했다. 나는 그 십자가를 손에 들고 아주 오랫동안 들여다보았다. 간절한 마음으로 고난과 불행을 견뎌내던 한 사람, 어떤 연유인지는 모르겠지만 그 사람이 잊어버리고 가버린 십자가. 하지만 그 사람이 잊어버린 십자가를 발견한 다른 사람이 지금 그 십자가를 붙들고 있다. 위로를 받으려고 했는지 희망을 발견하려 했는지 나는 알지 못한다. 다만 십자가를 들고 물끄러미 바라보며 전 주인이 십자가와 함께 보냈던 시간을 상상해보는 일에 따스함이 있었다.

─시를 쓰던 순간은 어쩌면 그렇게 다른 이가 잊어버리고 간 십자가를 바라보는 일인지도 모른다. 십자가라는 것이 한 종교에 속한 상징이라면 다른 종교에 속한 어떤 상징도 마찬가지이다. 간절한 한 사람의 시간을 붙들고 있는 것, 그 시간을 공감하는 것, 그것이 시를 쓰는 마음이라는 생각을 나는 하곤 한다. 사람의 시간뿐만이 아닐 것이다. 어린 수국 한 그루를 마당에 심어놓고 아침저녁으로 바라보는 일도 그와 다르지 않을 것이다. 아기 새들이 종일 지저귀던, 늙은 전나무

에 있는 새집을 바라보던 시간도 마찬가지일 것이다. 간절한 어느 순간이 가지는 사랑을 향한 강렬한 힘. 그것이 시를 쓰는 시간일 것이다. 시를 쓰는 순간 그 자체가 가진 힘이 시인을 시인으로 살아가게 할 것이다.

2017년 12월 1일

—마지막 한 달.

2017년 12월 3일

—새벽에 일어나니 눈이 아주 조금 와 있다. 이웃집 지붕에는 일 밀리미터 정도의 눈이. 작년에 저 집을 떠나간 이는 아직 돌아오지 않았다. 불을 켜두고 늙은 아내는 양말을 짠다. 저녁밥으로 먹었던 딸기잼도 작년 거였다. 마을 딸기밭으로 가서 함께 그와 딸기를 땄지. 저장식품. 이 딸기를 같이 땄던 사람은 가고 없어도 딸기잼은 남았다. 이 양말을 오늘, 푸른

가지를 들고 가서 무덤 위에 올려두어야겠다.

―언젠가 쓸 수 없는 순간이 반드시 온다, 라는 것은 명백한 사실이다.

―아침에 차를 몰고 나가면서 오늘은 무엇을 볼 수 있을까, 하고 생각한다. 나갔다가 돌아오면 생각나는 것은 아무것도 없다. 다만 슈퍼마켓 앞에 서 있던 카트들, 장애자 전용 주차 구간에 삐뚜름하게 세워져 있던 소형차, 이런 것들만 잠깐 잠깐.

―병원에서의 일들은 생각하고 싶지도 않다. 그 순간을 넘어 왔으나 나는 변하지 않았다. 이렇게 푸른 일들이, 지난봄 이렇게 이렇게 푸른 일들이 이 지상에 일어날 것을 알았다.

2017년 12월 7일

―숲에는 나무들이 아직 돌아가지 못한 바람들을 엮어서 겨울 목도리를 짜고 있었다. 국도에서 불어오는 차들이 몰고 가는 바람 소리. 언젠가 그 바람 소리를 들으며 밤을 샌 적이 있었다.

―시계 옆의 검은 구름

　디지털시계 옆에는 디지털 구름과 비와 안개

　디지털로 기록된 약속들을 읽으며 지나온

　디지털 진료 기록,

　디지털로 다시 탄생한 18세기 화가의 디지털 악몽.

　디지털 리듬에 몸을 맡기며 산다.

　디지털이 아닌 몸은 이 디지털을 살아내려고 바쁘고

　점심을 먹기 위해 거리로 나가면

　디지털 시대 이전에 지어진 건물들은 철거된다.

모니터에서 진화의 분홍 가슴을 달고

도시의 하늘을 날아오르던 공룡.

디지털로 기록된 해저음으로

사랑의 편지를 주고받던 긴수염고래들.

선거는 디지털 군인이

마케도니아 작은 인터넷 카페에서 생산되는 페이크 뉴스로

내 디지털 대통령 후보는 결정된다.

─초현실, 자동기술법, 공간이 무너지고 시간이 날고, 그것
이 아닌 꿈에서 깨어나니 꿈이 계속되는 삶 앞에 서 있고, 무
너지는 다리 안에서 태어나는 검은 곤충들.

─별에 의지해서 항해하던 시대는 지났는데 아직 나는 별에
의지하고 다닌다. 지구는 돌아서 내 별들은 방향을 알려줄
수도 없는데. 정오선은 임의로 정해진 선이다. 그러므로 정
오선은 누구나의 마음마다 있다. 나는 정오선을 찾다가 잠

이 든 이를 안다. 잠이 든 개 한 마리도 안다. 고양이며 토끼며 그리고 다람쥐며 나비까지도.

—사람들이 손을 오므리면 그 속에 어둠이 밀려드는 것은 무엇인가. 그러다 손을 펴면 어둠은 손가락 사이로 다 빠져나가고 손금에만 몇몇, 고여 있다.

—갑자기 목재가 난쟁이가 되어 뛰어다니다가 갑자기 상처받은 아이처럼 울다가 다시 돌아간다. 목재로, 목재로, 늦저녁에서 밤이 되는 그 시간 속으로. 빛, 그리고 종소리, 새로운 언어에 대한 고심.

—젊은 시절에 읽었던 몇몇의 시 말고는 자신을 움직인 시가 없다는 글을 읽으며 짜증이 났다. 그건 타인들이 쓴 시 탓이 아니라 자신 탓은 아닌가. 젊은 날 이후로는 단 한 번도 움직이지 않은 자신 탓. 봄에 갈 도시를 생각한다. 그때 그 도시가 무너질 때 우리에게 인터넷이 있었더라면.

—바다에는 쓰레기들만이. 북극의 얼음벽들은 무너져내리고 아픈 이에게 내일은 덜 아플 거라고 말하는 이 순간은 무엇인가. 예쁘게 차려입고 아직 오지 않은 사랑을 맞이하러 가는 저녁때처럼 모든 게 다 살아 있던 순간이 자꾸 멀어지는 것은 무엇 때문인가. 깨진 맥주병이 뒹굴고 유릿조각에 종소리가 찔리고 있다. 사탕 껍질과 군밤 껍질, 그 속을 느리게 걸으며 비둘기들은 인간의 버려진 밤을 쪼아먹고 있다. 최저시급 없는 나날이 악몽처럼 안개를 건너고 있다. 계란 한 판 값도 되지 않는 오후를 지나 어쩌다가 이런 날들이 옛날을 끌고 악몽이 와서 도시를 뒤덮었다. 도시의 하늘을 나는 새들은 어디에도 앉아 쉴 수가 없었다. 미세먼지 속에 마스크를 쓴 새들이 서쪽으로 날아갔다. 이렇게 살 수 없다는 함성 뒤에 모인 쓰레기를 아이들은 장대를 들고 와서 치웠다. 아이들의 가슴에 더럽혀진 말들이 차서, 쓴 눈물이 되었다.

—저항의 말들은 이미 다 쓰이지 않았나. 분노의 말들도. 말들이 이리저리 밀려다니며 더럽혀지고 있는 비 오는 저녁.

어제의 날씨 같은 네 얼굴. 소문 속으로 들어가서 영원히 나오지 않을 것 같은 사람들이 정치를 하고 있던 나날. 고대의 얼굴이 도시의 전광판을 채우고 굿을 하던 수도의 산에서는 누군가가 죽고 있었다. 악몽의 구름. 그 안에 든 사람들을 누구도 모르는 그것이 전쟁이다. 맑은 물에 붉은 잎들이 떠다닐 때 어제 헤어진 벗을 그리워한다. 모자를 눌러쓰고 간 사람을 생각한다. 밤기차를 타고 가다가 어디엔가 내려 모르는 거리를 걷다가 아침을 먹고 그냥 돌아오던 여행을 생각한다. 나는 숨을 죽이며 이 겨울을 지나가고 있다.

2018년 4월 15일

─이 시들은 귤 한 알에서 시작되었다. 암이 재발하고 난 뒤 병원에서 더이상 수술조차 받지 못한다는 진단을 받고 집으로 돌아온 일주일이 지난 뒤쯤이었다. 오랜 입원도 그랬지만 위암으로 도려낸 위와 커진 종양 때문에 더이상 음식을 마실 수도 먹을 수도 없는 상황에서 인공적인 영양 공급만을

받을 수 있는 나날이 이어지고 있었다. 어차피 의사들은 몇 주 몇 달을 버티지 못할 거라고 진단했었고 나 역시 더이상 살아내고 싶은 생각이 없었다.

―창으로 바깥을 바라보니 삼월의 눈이 내리고 있었다. 베란다 창틀에 작은 귤이 하나 놓여 있는 것을 나는 보았다. 병원으로 가기 전 무슨 생각인지 귤 한 개를 베란다 창틀 위에 올려둔 모양이었다. 언 귤을 먹으리라는 마음이었을까? 나는 창문을 열고 귤을 손으로 집어들었다. 귤에서는 너무나 당연하게도 귤 향이 은은하게 나고 있었다. 얼지도 않았는지 귤은 상하지 않고 여전히 싱싱했다.

나는 귤을 쪼겠다.
귤 향!
세계의 모든 향기를 이 작은 몸안에 담고 있는 것 같았다.
내가 살아오면서 맡았던 모든 향기가 밀려왔다.
아름다운, 따뜻한, 비린, 차가운, 쓴, 찬, 그리고,

그리고, 그 모든 향기.

아, 삶은 아직 끝나지 않았고 가기 전에 나는

써야 하는 시들이 몇 편 있었던 것이다.

민정이 보내준 난다 노트 한 권을 꺼내들고

나는 쓰기 시작했다.

몇 편의 시가 나에게 남아 있는지 나는 아직 모르겠다.

가기 전에 쓸 시가 있다면 쓸 수 있을 것이다.

내일, 내일 가더라도.

그리고 가야겠다. 나에게 그 많은 것을 준 세계로.

그리고, 그리고, 당신들에게로.

—**2**부

시

(2016-2018)

봄꿈

꽃무늬 바지를 입고 노인은 절집으로 향하는 수유꽃 노란 길을 걸으신다 뼈가 가벼운 새들이 나무 위에서 잠에 겨운 꽃잎을 한 장씩 개키고 있다 절집에는 소풍을 가지 못한 얼굴들이 고기반찬 없는 상을 차리다가 병든 자목련을 바라본다 극락까지 가서 밥을 먹고 지옥으로 돌아오면 마을의 몇 안 되는 염소들은 실개울 곁에 앉아 간첩이 내려왔다는 뉴스가 박힌 신문을 우물거리고 있다 근처 큰 도시에 있는 술집에서 일하던 아가씨 셋이 개여울에서 변시체로 발견되었다는 뉴스는 이미 염소의 위장 안에 있다

토끼는 내 말을 모른다

사과가 떨어진다

차가 지나가면서 사과를 뭉그러뜨린다

들판에서 토끼들이 새끼를 낳고 있다

다가올 겨울을 어떻게 보내려고

가을 문턱에 새끼를 낳는단 말인가, 라고 말하려다

토끼는 내 말을 알아듣지 못한다는 생각을 한다

아니 알아듣는다 하더라도 내 말 따위를 들으며

토끼는 새끼를 다시 자궁 속에 집어넣지는 않을 것이다

(자연에게는 인간이 만들어낸 지혜를 인내할 시간이 없다)

명랑한 바람은 없을 것이다 명랑한 토끼가 없는 것처럼 명

랑한 나뭇잎이

없는 것처럼

명랑한 내가 없는 것처럼

나는 가끔 토끼들이 들판에서 걸어서 하늘로 가는 것을
본다

하늘에도 들판이 있다는 걸 믿는 토끼가 있다고 생각한다

(그건 내 자유다 자연이 날 배반한 만큼 나도 자연을 배반할
준비가 되어 있다, 파멸로 가더라도 파멸로 가서 나라는 종을
지울지라도)

언제나 하늘에는 구름만 있다고 믿는 사람들,

그들의 얼굴에는 하늘만 달려 있다

토끼는 말을 하지 않고 자신의 말만 한다

그 말을 알아듣고 싶어서 운 적도 있었다

별들이 하는 말을 알기 위하여 멀리까지 가버린 이들을

나는 기억한다 돌아오지 않았다

생선을 먹는 오후에 바람이 불어왔다

복숭아를 먹는 오후에는 비가 왔다

이웃집 개가 토끼 사냥을 하는 것을 바라보던 오후도 있었다

그 오후를 기억하는 것이 신기하다

왜 그 오후를 기억하는가 하필이면 그 폭력의 오후를,

아무도 폭력을 폭력이라 여기지 않는 오후를!

토끼는 목덜미를 개에게 내어주고 아직은 퍼런 엉겅퀴 밑에서 떨었다 그런데도

나라는 인간,

가을이 가득찬 토끼의 온몸을 기억한다

토끼의 언어를 해독할 수 없는 내 몸을 기억하는 것처럼

(아, 즐거운 가을이라서 썩은 달 옆에서 토끼를 안는다, 우물거리며 나를 먹어치우는 나를 안는다)

흰 호텔 2016년

십이층 호텔이 숲 옆에 있었다 숲 안에는 거대한 무대가 있고 오늘 저녁엔 유명한 가수가 공연을 한다고 했다 일층부터 삼층까지는 난민들의 집이고 사층부터가 호텔인데 나는 팔층에 방을 받았다

밤에 누군가의 울음소리 때문에 잠을 들 수가 없었다 처음엔 울음인 줄 알았는데 욕설이었다가 그러다가 죽은 가수가 먼 고향을 그리워하다 체념하는 노래 같았다 이를 닦았다, 아침에 일어나서 이를 닦으며 흐린 태양도 닦았다

지난해 겨울 난민 청년들은 인근 지하철역에서 칼부림을 했고 지나가는 여자들의 치마 속으로 손을 집어넣었다 총을

들고 도심을 누비며 사람들을 쏘았던 남자아이는 총에 맞아 죽었다 이렇게 미쳐가도 되나요 장미는 피고 있었다 더이상 피지 못할 잎 사이로도 꽃이 올라왔고 사람들은 그 주위에서 스파클링 와인을 마시며 치매로 요양원에 들어간 동료에 대해서 말했다 사람들의 잠 속으로 지난해 죽었던 장미 그늘이 들어왔다

전갈 붉은 전갈 사막 누런 사막 전갈같이 기어다니는 검은 전쟁 누군가가 총을 쏘면 하늘에서는 투명한 폭탄이 이 모든 풍경을 집어삼켰는데

난민 아이들은 오전에 독일어를 배우러 갔다가 돌아와 호텔 앞에 앉아 휴대폰을 들여다보다가 흰 호텔을 올려다보았다 호텔은 흰 벽이었다 그러니까 나는 그 흰 벽 한 칸을 얻어 잠을 자다가 뜨지도 지지도 않은 태양을 본 것이다

산책 정물화

산책을 나갔다 들판에서 개가 뛰놀고 아이들이 그 주위에서 맴돌고 있었다 하늘은 구름 한 점 없었다 개는 우거진 수풀에서 나오지 않았다 아이들도 나오지 않았다 들판 옆에는 베어진 나무들이 일렬로 누워 있었고 누군가가 파란 페인트로 나무에 번호를 매겨두었다. 시체처럼 가족 없이 죽은 시체처럼 발목에 명찰을 단 시체처럼 아이들을 기다리다가 불러보았다 아이들은 수풀 속으로 들어가서 사라졌다 개만 수풀에서 나와 왕왕 짖었다 옥수수는 구겨져가고 먼 등선 너머로 무심하게 풍력발전기는 돌아갔다 한길에 서 있는 수국은 붉었다가 파랗게 빛을 갈아입었다

글로벌 유령

아침에 커피를 마시다

커피 한잔을 마시는 데도 도덕이 필요한 세상의 책임은

글로벌이라는 이 유령이 져야 한다고 중얼거린다

누군가는 무언가를 판다 그건 나다

누군가는 누군가를 산다 그건 나다

비는 온 바람을 데리고 오는데 잔에 든 커피는 잔잔하다

내가 샀던 비는 나를 젖게 한다

내가 샀던 너의 시간은 나를 흐느끼게 한다

웃음이나 즐거움도 살 수 있는 것일지도 모른다는

불안이 나를 절망으로 들어가게 한다

낯섦도 살 수 있다면 얼마나 좋아!

병원엘 가면 얼마나 아픈 사람이 많은지 글로벌하고

거리에 있으면 얼마나 걷는 사람이 많은지 글로벌하고

비행장엘 가면 얼마나 나는 사람이 많은지 글로벌하고

전쟁터를 가면 얼마나 전쟁중인 사람이 많은지 글로벌하고

죽는 사람 사는 사람 그리워하는 사람 미워하는 사람 글로벌하고

저 형사는 오늘도 얼마나 많은 살해된 사람을 보았을까 글로벌하게

저 쫓겨가는 노루는 오늘 얼마나 많은 사냥꾼을 보았을까 글로벌하게

글로벌 글로벌 유령이 쏘는 저 총은

얼마나 좋아, 바다를 건너온 글로벌 심장이라서

적당한 도덕적인 금언이 든 가짜 문장을 쓰고

커피잔을 씻으러 개수대로 가면

오늘의 태양은 기름진 하루를 데리고 오지요

글로벌로 글로벌의 빛으로

코스모폴리탄적인 우주의 유령 한 마리를

수도꼭지로 실어나르지요

물이야 원래 글로벌한 것이었지요

지난여름아

   독재자를 욕하다 아버지를 패버린 권투선수는 체포되고
여름은 오지 않았네

   내가 지나온 도시에서는 도끼를 든 어린아이가 기차역 앞
에서 사람들을 내려쳤네

   화장실에 갔다가 죽임을 당하는 시간, 대지를 가로질러가
던 태양이 목이 막혀 멈출 때

   멀리 가버린 행성에서는 내가 숨긴 비밀이 죽어가고

   내가 두고 온 내가 나를 쓰고 있다

   내가 두고 온 내가 나를 살고 있다

   내가 두고 온 내가

   구멍난 양말을 버리다가 구멍난 길을 바라보았다

그해 지진이 났을 때

그해 폭염이 왔을 때

그해 가뭄이 들었을 때

그해 홍수가 났을 때

그해 사랑이 왔을 때

그해 사랑이 미움으로 왔을 때

뭘 하고 있었나,

쪼그리고 앉아 나뭇가지로 땅에 떠나간 이름만 쓰던 여

름아

내가 나를 잊어버리지 못해

키우던 붉은 재앙의 얼굴,

그리고 네가 키운 고사리 그늘에서는

빛이 컴컴한 푸른 어깨로 서성였다

그 도시의 옛 이름을 불러보면

지금은 알레포지만

옛날 이름은 할랍이었다

그때도 전쟁은 있었겠지

잊혀진 왕조도

왕들의 동상도

북쪽에서 밀려오던 적들도

대항하던 군대도 있었겠지

울던 어미와 때리던 아비도 있었겠지

굶주리던 아이와 아이가 가지고 놀던 장난감도 있었겠지

적에게 도시를 빼앗기고

신은 납치되었겠지

적이 도시를 다스리고 반란이 일어나고

죽고 죽이는 시간 속에 할랍은 있었지

이 아침에 할랍이라고 불러보면

알레포가 흐느끼며 고개를 든다

내가 그 도시에 갔을 때 여관 앞에는 환전상들이 서성이며

손님을 기다리고 있었지

여관의 방, 두꺼운 비로드 커튼에는

수십 년 동안 쌓인 먼지가 있었지

무거운 커튼을 열고 바깥을 바라보면

배고픈 개들이

썩어가는 오렌지 껍질을 씹던 쓰레기장이 있었지

누군가가 아이를 때리고

아이는 울면서 뛰어가고

골목은 아이 뒤를 절뚝거리며 뒤따라가고

골목에는 구운 닭고기에다

마늘소스를 얹어주던 식당이

닭고기를 숯불에 굽다 말고 남자는 목에 새겨진

흉터를 그리움처럼 바라보았다

사라지는 골목을 목마른 폭탄으로 던져버리던

태양이 이 하늘에서 가까스로 버티고 있었네

그리고

다리를 저는 고양이들이

힘겹게 저녁을 물고 와서는 내 발치에 두었을 때

서서히 밀려오는 어둠 속에 알레포는 잠기고

박물관 속에만 든 할랍도 불을 껐지

아침에 일어나 그 도시의 옛 이름을 불러보면

도시는 사라지고

씻다 만 21세기의 얼굴이 거울 앞에 있다

알레포를 옛 이름으로 부르는 퉁퉁 부은 불길한 얼굴이

냉동 새우

이 굽은 얼음덩어리를 녹이려고

물을 붓고 기다렸다

몸통은 녹아가도 굽은 허리는 펴지지 않았다

피곤, 이라는 말이 떠올랐다

아물어지지 않은 피곤의 흔적이라는 헤아릴 수 없음도

녹은 새우를 어루만졌다

말랑말랑하구나, 네 몸은

이루어질 수 없는 평화 같은 미지근한 바다가

손가락 사이에서 빠져나갔다

꿈에서 돌아오듯 나는 시를 쓰는 것을 멈추었고

이제 시 아닌 다른 겹의 시간에게

마른 미역 봉지를 건네주었다

새우는 다시 얼음으로 돌아가고 싶다는 듯

저녁을 향하여 무심히 죽어 있었네

제 살던 곳에서 끌려나와 동유럽 겨울 눈 속에서

구부리고 맨땅에서 국을 떠먹던 난민처럼

내일 새벽 일찍 나가 눈길을 걸어 밥을 벌어야 하는 발

처럼

종이 눈꽃

바깥에는 눈이 내렸다

창문가에 서서 안을 향하여 손을 오므렸다

손을 펴면 눈은 손가락 사이로 다 빠져나가고

손금에만 몇몇, 눈은

고여 있었다

초겨울 입구 나는 종이 눈꽃을 가위로 오렸다

가위의 입이 종이에 입을 맞추자

눈꽃이 아리게 잘려나왔다

어스름한 기억 속 입맞춤은 그랬을 테지

종이를 선물한 사람은 북극에 살고 있는 것처럼 돌아오지 않았다

아, 그의 가방은 아득한 어느 겨울에 이미 떠났지

그래서 그 방을 영영 오랫동안 치우지 않았다

뭔가 다 나간 자리에도 남아 있는 것은 언제나 있었다

몰랐을 뿐이었다

새들은 오늘 눈으로 목을 축이다가

아직 가지를 덮어주고 있는 푸른 나무 속으로 깃들어서는

따뜻하고 견고한 알을 낳을 것이다

어둠을 밝히느라 불을 켠 방들엔

밤을 다스릴 눈이 생긴 것 같다

그 눈들이 글썽거린다, 창문에 붙어

환하게 글썽거린다

이 시는

이 시는 어느 지붕을 그리워하는 오전 3시 20분에 시작
된다

이 시는 난만한 곡선을 가진 지붕 위에 덮힌 눈이

햇살에 간지러워하며 녹아내리는 것을 지켜보던 오전 11시
21분에 시작된다

눈이 물이 되면 지붕은 다시 난만한 곡선으로 남을 거라는
당연한 생각에

어떤 얼굴이 떠오르고

그 얼굴이 지붕 위에 앉아 있던 새의 얼굴이었던 느낌에

어느 마을을 폭격하던 드론의 얼굴이라는 느낌에

그 얼굴을 지우려고 청소를 하던 오후 2시 56분

지워지지 않아 오래된 양말을 골라내어 버리던 오후 4시 7분

오후 5시 정각의 뉴스에서는 네가 우리를 떠났다 하고

너를 데리고 가던 고장난 차는 눈을 맞고 있었는데

네가 살던 도시에서는 오래된 빵집의 화덕이 소리 죽여 우는데

그곳에서는 눈이 녹지 않아 당분간 지붕의 곡선을 볼 수 없을 텐데

저녁 8시 5분, 저기 저 전쟁의 도시에서 아이들은 눈 속에서 언 오렌지 껍질을 줍고 있었고

저녁 9시 46분, 나는 숲을 목을 조르는 바람의 신음 소리를 들었다

그 소리는 아주 오래전에 사라진 새의 얼굴이 다시 돌아오는 소리처럼 이상했다

드론을 발명한 인간들의 얼굴처럼 이상했다

그리고

이 시는 끝이 나도 얼굴은 사라지지 않는 오전 3시 10분에

이 시는 다시 시작된다

저녁의 미래

밤에 장미가 지는 것을 보고

아름다운 편지일 수도 있다고 생각했던 공간

저녁의 미래, 지구의 밤

편지에는 시계가 없었지

별 같아서

언제나 과거에서 오는 별빛이어서

과거 없이 미래만 반복되는 지구여

그러길래 편지를 쓰던 우주의 빛이

이젠 내 과거가 되어

무한히 반복되는 저녁의 미래,

장미가 지는 공간 안에서 편지를 쓸 수도 있었다

어쩌면 저 별은

우주에서 이미 사라지고 없을지도 모르지만

와다오 와다오 과거인 별들이여

돌아올 수 없는 다리를 건너 링거병을 주렁주렁 달고서라도

별들이여 먼 과거의 미래를

네 눈 속에 안약처럼 날 넣어다오

늙어가는 마을

무엇이 오는가 이 마을에

풍차는 더이상 돌아가지 않고 얼음 창고 속에 저장된 얼음
도 없는데 새로 이사 온 오랜 대륙에서 건너온 물소들이 다
리를 절며 토끼를 쫓아다니는 고양이를 물끄러미 바라보고
있는 이 마을에

텅 빈 사과나무의 가지에는 먼 날의 잔소리 같은 이끼가
돋아난다 배는 떨어지지 않아서 가지에서 썩어간다 안개가
꽃이 다 져버린 옛날의 푸른 유채밭에서 오래 머문다

아이들은 울면서 양로원으로 사라져간다 교회 벽에 새겨

진 성상들이 무표정하게 지난 일을 휴지처럼 구겨서 하늘로 던진다 지도에서 사라진 이 마을을 위하여 누군가가 측량기를 들고 와서 네가 살았던 집의 방위를 재어달라고 성자들은 무표정하게 애원한다

　누가 오는가 이 마을에

　슈퍼마켓 앞에서 말라가는 수선화는 지난봄에 피어났고 가판에 진열된 감자는 십 년 전에 수확한 것인데 수십 년 동안 도축된 채 냉동고에 들어 있던 돼지들이 텅 빈 밀밭을 헤매고 있는 이 없는 마을에 오는 자는 누구인가, 오십 년 전 피어난 찔레꽃 저녁을 그림자에 안고 이곳으로 이곳으로 고향이라고 돌아오는 자가 부르는 노래는

　누구의 것인가

안는다는 것

너를 사라지게 하고

나를 사라지게 하고

둘이 없어진 그 자리에

하나가 된 것도 아닌 그 자리에

이상한 존재가 있다,

서로의 물이 되어 서로를 건너가다가

천천히 가라앉는다 종이배처럼

— **3**부

작
품
론
(2011)

•

시
론
(2016)

사랑의 그림자를 쫓기 위해
당신을 방문한 후기
─『빌어먹을, 차가운 심장』에 부쳐

나는 쓴다, 마치 우는 아이처럼:
아이는 눈물이 쏟아지는 이유를
포기하는 걸 좋아하지 않는다.
─조르주 바타유

당신은 차를 운전했고 나는 그 옆에 앉아 어둠이 내린 거대한 도시를 바라보았다. 그때, 지구의 계절은 사계가 북반구와 남반구, 모든 대양을 지나가고 있었다. 그리고

우리의 계절은 연민이라는 이름을 가졌다네. 누군가의 뒷모습을 바라보면서 오래 서 있는 거, 그런 이름을. 우리는 매머드 도시 속을 차로 거닌다네. 아름다운 도시여, 가장 더러운 곳에 주막과 여관을 지어놓고 우리를 기다리는 도시여, 그런데

그 주막과 여관 안엔 연인들만이 보이지 않는 이상한 나의 도시여. 차 속에서 불빛을 바라보면 어쩌나, 눈물을 그렁그렁 달고 저 높은 빌딩이 서 있는 것 같아. 도시의 빌딩을 미워하기만 했었는데 가만 바라보면 그렇지, 저곳에서 발생한 모든 불운이 다 우리 탓 같아요. 왜? 빌딩 안에도 우리가 그리워했던 이를테면 커피자판기라든가 볼펜이라든가 칫솔이나 어느 날 먼 소풍길에서 데리고 온 낙엽이라든가 강아지 사진이라든가 이유 없이 헤어진 이들의 명함이 들어 있지 않을까요, 마치 소식 없이 사라진 노래 같은 것들, 말이에요.

　도시의 강은 얼었다. 언 물속으로 우리는 지나간다. 당신의 발이 얼었다 싶을 때, 나는 한 번만이라도 그 발을 만져보고 싶다. 언 발로 걸어가던 시가 동상이라도 입을까봐 나는 조바심을 낸다, 라고 말하려다가

　아니었어요.
　나는 그저 당신의 언 발을 한번 만져보고 싶었던 것뿐.

당신의 언 발을 내 손으로 감싸고 앉아서 잠시 쉬고 싶었을 뿐.

당신: 아직 얼음 속을 들여다볼 수는 없을 거야…… 그러려면 시간이 아주 많이 걸릴 거야. 도시의 강물은 흐려서 얼음도 흐려. 가끔 흐리지 않은 물이 얼어 투명한 얼음을 보고 싶다는 생각을 해.

나: 아직 물새의 깃털 속에 따뜻한 바람이 조금은 들어 있지 않을까? 그렇지 않음, 왜 새들은 죽지에 부리를 대고 강가를 서성이는 건지.

당신: 이 노래, 어때?

새의 영혼은 구름의 영혼을 찾기 위해
저 강가를 서성였어요.
당신이 사랑하던 저 강가에 서서
불러보던 옛 노래가 얼었어요,
도시의 강물처럼 흐린 얼음의 노래.

나는 지구 반바퀴를 돌아 당신에게로 왔고 당신은 그 자리에 있었다. 그렇다, 당신이 그곳에 있어주기를 나는 바랐다. 기적이었다. 당신은 그곳에 있었다, 표정만으로 당신이 나를 기다린 자리를 짐작할 수는 없었으나, 당신이 나에게 물었을 때:

이제 왔어요?

그래요…… 우리 여기에 있어요, 라고 나는 대답할 수밖에 없었다. 표범에게 쫓겨가는 흰 눈발 같은 마음 한구석에 놓인 비밀의 악보 같은 과거처럼.

어디 상형문자 같은 세월을 살고 왔어요?라고 내가 당신에게 물었을 때,

당신: 나의 부모가 날 버리기 전에 내가 먼저 나를 버린 것 같은 시를 쓰던 시인이 있었대.

나: 만나보았어요?

당신: 아니. 그 시인이 나 자신이라는 걸 알기까지 아주 오랜 시간이 걸렸어. 내가 나를 떠나는 시간이 아주 많아서 몰랐나봐요. 언젠가 고향으로 가는 버스에 있던 당신에게 전화를 한 적이 있지. 어디 있어? 천안을 통과하고 있어요. 천안? 수천의 평안이라는 이미지로 연상되는 그 도시 이름이 너무 좋아서 나는 당신이 그곳을 통과하지 말고 빙빙 돌고 있기를 바랐어요. 그런데도 말했지. 빨리 내게로 와요. 당신의 가장 아름다운 몸의 시간이 그리워요. 얼마나 오래전에 우리, 그런 말을 했는지. 생각해보니 아직 우리가 태어나기도 전, 같아.

나: 그랬어?

당신: 고개를 숙이고 걸어가던 시간이었거든. 고개를 들면 너무나 수다스러운 몸의 감각들이 나의 신경을 다 악기로 만들어버리더라. 뜨거운 악기처럼 어쩔 줄 모르고 내 신경은 당신의 몸속에 숨어 있던 음악만 들으려고 했어요. 그때 그 음악에는 텍스트란 없지. 막, 텍스트가 생기려고 하면 나의 입술이 언어를 막아버렸어. 그런데도 신음처럼 새어나오

는 어느 말. 아직 당신, 여기 없나요? 아님, 오셨다 그냥 가셨어요…… 오늘밤, 제가 다른 곳에서 다른 별의 심장을 만지고 있었거든요…… 야속했나요? 그 심장, 너무 예뻐 저는 견딜 수가 없었어요.

산수는 우리에게 텍스트를 준 적이 있는지? 물 앞에 서면 모든 언어가 실종되고 말았다. 산 앞에 서면 언어는 가슴을 다 열었으므로 아무것도 하지 못했지. 언 바다 앞에 서면 귀를 잃어버린 새들이 언어의 언 몸이 되어버리는걸. 어쩌면 그럴지도 모를 일, 내가 당신의 몸 앞에 서면 당신의 영혼이 보이지 않는 것처럼. 몸이 뜨거운 시절만큼 장님이었던 적은 없어서 세계를 떠돌던 모든 식욕이 사라지는 그 꽉 찬 공허의 순간.

당신: 어쩌면 당신은 내 손을 한번 잡으려고 이렇게 지구 반 바퀴를 돌아 나에게 오지 않았을까?

나: 그렇지요, 그게 맞어. 그런데 당신, 내 손이 당신의 영

혼, 그 입구를 통과해서 당신의 영혼, 그 뜨거운 속으로 들어가면 어떡하려고.

  당신: 노래를 하지, 그때는.
  머리에 달을 단 당신들이 들판에서 나가면
  기타를 든 시들은 들판 가장 깊은 곳에 앉았네
  허밍을 하던 백그라운드 가수들 그 옆에 앉아
  당신이 사랑하는 그대여, 라고 노래하면
  그녀들은 그대여, 그대여, 라고 허밍을 하네

  그런데 그대는 당신이었을까? 저 낯선 악기의 불 속에 활활 들어가는 당신의 뒷모습은 위태로운 양초처럼 구부러지는데 그런데 그대는 당신이었을까. 허밍을 하던 가수들이 당신이 겪는 모든 비극에 동참이라도 하듯 저렇게 코러스를 넣지만……

  전쟁이 나면 우리는 어떻게 될까? 내가 물을 때,

전세기 전쟁을 겪은 수많은 연인이 바람개비가 되어
적막한 역사 쓰기의 밤을 지나가다가, 말한다:

우리 사랑했으나,

저 겨울 강이 너무나 얼었고 운전을 하던 당신의 손이 너
무나 예뻐서 우리는 강을 건너는 것도 죽음으로 들어가는 것
도 잊어버리고 당신의 옆얼굴만 보았어요. 마치 당신만이 우
리가 사랑했던 전세기의 연인이었던 것처럼, 마치 당신의 방
에 외로운 일기를 놓아두고 사랑을 하러 전세기로 떠났던 것
처럼.

그때,

지구 저편에 있는 오래된 도시에서는 독재자와 군중이 서
로를 죽이고 오래된 박물관에서는 불이 나고 저편 지구에 있
던 사막에서는 피 묻은 얼굴로 모래를 포옹하는 달빛이 있었
는데, 전쟁과 살육의 역사 속에 반드시 같이 쓰여지는 사랑
의 그림자에 대한 역사는 그러나

그때,

매머드 도시의 빌딩 속, 잠이 들지 못한 불빛처럼 있으면서도 없는 듯 우는 것이다.

당신의 옆얼굴, 그 무참한 어둠 속에 당신의 연인이 걸어와서 당신의 가장 깊숙한 눈길 속에 기대네요, 당신의 연인이 너무나 사랑스러워 나는 당신의 연인임을 포기하며

당신에게 부탁해요……

여기는 나의 집, 나 내려주어요.

당신의 어깨를 봅니다. 어느 꿈의 방에 누워 있는 작은 밤 같은 어깨네요. 아주 오래전에 내가 알았던 그 어깨네요. 그 어깨에 기대어 이 도시를 헤매고 다니는 사랑노래들을 내가 들은 적이 있었는데 그런데,

그때면, 어린아이가 지었던 그 사랑노래가 정말 진짜 같

아서

　그때면, 수용소에 갇혀 굶어 죽었던 많은 시인의 영혼도
진짜 같아서

　그때면, 폐허에서 잠시 스쳤던 어떤 얼굴도 영원 같아서

　좋았어요.

　차에 오르시는 당신, 당신의 옆자리에 앉은 당신의 연인.

　이렇게 지구 반바퀴를 달려와 당신의 냄새 맡은 거 좋았
어요.

　언제나 나는 알았어요, 나는 당신의 연인이 아니라 연인이
라는 기호였던 것.

　그리고 기호의 아주 먼 냄새였던 것.

　그럴 때 이런 노래:

　난 아직도 이 비를 맞으며 하루를 그냥 보내요……

내 지상의 하루를 그냥 보내게 해준 당신, 당신의 젖은 머리칼에서 파란빛의 별이 살아오고 얼굴에는 얼굴에는 제가 이 지상을 다 살더라도 명명하지 못할 웃음이 있네요.

아직 수줍은 연인이었을 기호가 이 겨울 한강 얼음처럼 절 사랑해요.

이제는 겨울 같은 봄 속을 살 만한 나이…… 사랑의 그림자가 쓰라린 여행을 다시 준비하네요, 이제 가면 여행은 아주 오래 걸려도 좋지요.

시인이라는 고아

1.

나는 1980년 후반에 등단했다. 등단한 지 일 년이 조금 지나 첫 시집이 나오고 난 뒤 어느 술자리에서 처음 뵙게 된 선배 시인이 나에게 말했다.

"허수경씨, 시는 우리 입장이랑 비슷한 것 같은데 진짜 우리 편은 아닌 것 같아요."

그 당시 이십대 중반이었던 나는 까마득한 선배들 앞에서 잔뜩 주눅이 들어 있었다. 구석자리에서 잘 마시지 못하던 소주잔을 만지작거리고 있다가 얼굴이 빨개졌다. 술자리에 있던 분들의 시선이 나에게로 모아졌지만 나는 계속 아무 말도 할 수가 없었다. 내 침묵이 길어지자 어떤 분이 끼어들었다.

"이제 첫 시집인데 뭐. 다음엔 잘하겠지."

모두 하하 웃었고 술자리의 대화는 다른 화제로 옮겨갔다. 술자리가 끝나고 집으로 돌아오면서도 나는 무엇인지 정의하기 힘든 분노에 사로잡혀 있었다. '편'이라니. '다음엔 잘하겠지'라니. 편가르기를 더 잘하겠지인가, 뭔가! 물론 그 나이, 화도 잘 내고 삐치기도 잘했던 내가 문제였겠지만 서울의 밤거리를 걸어도 걸어도 분노가 사그라들지 않았다. 나에게 그런 질문을 한 선배를 향한 분노는 아니었다. 다만 그때 그 분위기 때문이었다. 어떤 편이라는 것이 문학에 있다는 그 분위기 때문이었다. 아현동에서 봉천동까지 걸어서 집으로 돌아오면서 그때 내가 결심한 것은 시인으로 살면서 어떤 편에도 속하지 않겠다는 거였다.

2.

　시인으로서 내 존재는 고아이다. 누군가가 나를 태어나게 했고 어떤 연유인지는 모르겠지만 홀로 남겨진 고아. 고아들은 자신의 정체성을 스스로 만들어야 한다. 기댈 전통이 외부에 있다는 것을 몰라서가 아니라 그 전통이라는 것에 기대면 스스로를 베끼는 시를 쓸 수밖에 없는 위기감 때문이다. 여태껏 누군가가 써오던 시를 쓰면서 시인으로 살 수는 없지 않은가. 또한 전통은 어떤 의미에서는 독재자이다. 독재자는 '혼자 말하는 사람'이다. 전통이라는 게 주어져 있는 일방통행일 때 그것은 인간을 억압한다. 그래서 나는 내 속에서 돌아다니는 것은 '기억'이지 전통에 기반하고 있는 무엇은 아니라고 생각한다. 고아인 내가 물려받은 것은 물론 있다. 그것은 내 모어이다. 나에게 단 한 가지 운명이 있다면 모어다. 그건 선택 이전에 나에게 주어진 것이었다. 수많은, 이제는 이 세계에서 사라져버린 언어가 모어였던 이들은 어떻게 자신의 모어의 운명을 살아갔을까? 얼마나 많은 언어가 이 지상에서 사라졌는가? 언어들이 사라졌다는 것은 그 언어의 발명자이자 사용자인 인간이 사라졌으며 그 인간이 바라보던 역사와 자연이 사라졌다는 사실을 의미한다.

고고학을 공부하면서 나를 매혹시킨 것 가운데 하나는 문서들이다. 세계에서 지금껏 발견된 가장 오래된 문서는 약 기원전 3200년경으로 절대 연대를 매길 수 있는 우룩IV 지층에서 발견된 경제 리스트이다. 문자를 발명하게 된 이유 그것 자체가 경제활동을 하기 위해서라는 의견이 고고학에서는 거의 정설로 받아들여지고 있는 듯하다. 리스트에서 텍스트의 길을 가기까지 문자의 역사는 다시 수백 년의 세월이 흘러야 했다. 그러나 그 문자를 발명했던 이들의 언어마저 사어가 되어 이 지상에서 사라졌다. 지금, 전쟁에 뒤덮여 있는 오리엔트 지역에서 발생한 문자의 역사를 들여다보고 있으면 내 모어 역시 유한한 시간을 살고 있을 거라는 생각이 든다. 어쩌면 모든 문명에 속한 모든 것이 그러하듯 우리가 쓰는 시도 한정적인 삶을 살다가 갈지 모른다. 어쩌면 우리가 생각하는 것보다 더 빠르게 잊힐지도 모른다. 그런 생각이 들 때마다 시를 쓰고 읽는 시간이 더 선연해진다. 이 시간은 우리가 살아 있으므로 가능한 우리의 사건인 것이다. 모든 이 지상의 일들이 그러하듯 말이다.

3.

　나는 고아인 시인들을 사랑한다. 모어로 아무도 밟지 않은 영토에서 비틀거리는 시인들을 존경한다. 그 시인이 나보다 젊은 시인이든 아니면 이백 년 삼백 년 나이가 더 많은 시인이든 내 모어로 시를 쓰는 시인이든 내가 읽지 못하는 언어로 시를 쓰는 시인이든 고아인 시인들의 시를 읽으며 황홀해하고 내 못난 재능을 미워한다. 고아인 시인들의 시는 세대로도 무슨 주의로도 묶어낼 수가 없다. 얼마 전 루이스 세르누다(Luis Cernuda, 1902~1963)의 시 모음집을 독일어로 읽은 적이 있다. 독일에서는 외국어로 쓰여진 번역 시집을 낼 때 원어와 독일어를 나란히 두기도 하는데 이 시 모음집이 그러했다. 1978년 레클람(Reclam) 출판사(이 출판사는 옛 동독 출판사이다)에서 나온 이 책의 뒤표지에는 이런 글이 있었다.

　루이스 세르누다는 현대 스페인 시의 요람으로 유명한 안달루시아에서 태어났다. 안달루시아, 가르시아 로르카, 알베르티의 고향. 이 세 시인의 작품 속 공통점은 당연히 같은 산수를 체험한 것만이 아니다. 무엇보다도 그들 세대의 경험이다. 그들의 개인적인 운명은 파시즘에 의해 결정되었고 그들의 초기 작품들은 초현실주의가 가져다준 영향 아래 있다.

이 글을 읽으며 나는 묘한 느낌을 받았다. 같은 세대, 같은 역사적인 경험, 같은 사조의 영향을 받은 스페인어가 모어인 이 시인들은 얼마나 다른가. 이 당연한 생각은 그런데 문학 연구가들이 그들을 27세대 시인들로 묶어버릴 때 희한하게도 당연함을 잃어버린다. 시인은 그들을 다른 시인으로 아는데 연구자들은 그들을 같은 카테고리에 묶는 것이다. 연구자들의 어려움일 것이다. 앞의 인용대로 이 세 시인은 동

시대에 태어났고 현실 정치의 소용돌이를 함께 겪었으며 심지어 초현실주의의 영향을 받았지만 그들이 쓰는 시들은 각각 달랐고 저마다 다른 길을 갔다. 스페인의 예를 들지 않아도 우리는 한국 현대시의 역사 안에서도 많은 예를 볼 수 있을 것이다. 이를테면 미래파라고 불렸던 시인들의 시 안에서 마주칠 수 있는 스펙트럼은 얼마나 넓고 다양한가. 그들의 목소리는 얼마나 다양하고 가지각색인가. 그들의 다름은 그들의 고아 의식과 많은 연관이 있을 것이다. 함께 기댈 전통을 찾지 않는 그들은 각자 자신의 싸움터를 만들어낸다. 그 싸움터에는 매우 두터운 시간대와 드넓은 공간대가 나란히 한다. 그들은 과거에도 속해 있고 미래에도 속해 있으며 어떤 시간에도 속해 있지 않고 그들은 남성이고 여성이고 변성이다. 그들은 무엇보다도 시인이다.

4.

　시가 쓰여지는 순간은 참으로 우연하게 온다. 삶을 통과하는 모든 순간은 우연과 우연으로 점철되기 때문이다. 매일 걷는 거리에서 어제는 보지 못했던 난민을 오늘 볼 때, 운전을 하고 가다가 갑자기 비둘기가 사이드미러를 때리고 지나가서 갓길에 차를 급정거해야 할 때…… 등등의 수많은 우연의 순간에서 시는 나온다. 그 순간이 언제일지 알 수 없기에 한시라도 시인이라는 것을 잊어버리면 균열의 순간에 균열을 경험하지 못한다. 순간을 재구성하는 것은 가능하지 않다고 나는 생각한다. 다만 비슷한 순간을 시 언어로 만들어 낼 수는 있을 것이다. 그런데 그것은 비슷하지 그 순간이 아니다. 균열을 감지할 때 온전히 경험을 해야 한다. 이것은 몸으로 할 수 있는 일이다. 몸을 정확하게 통과하지 않는 범상한 시를 나 역시 많이 쓰고 살았다. 내가 쓴 범상한 시들은 나를 괴롭힌다. 아무리 퇴고를 하고 또 해도 그 범상함은 숨겨지지 않는다. 나의 게으름이 나에게 복수하는 것이다. 하지만 시인은 24시간 불을 밝혀놓고 시라는 물건을 제조하는 기계가 아니지 않은가? 시라는 물건을 파는 24시간 문이 열린 편의점은 더더욱 아니다.

5.

어떤 이도 이 세계에서 일어나는 모든 일들을 직접 경험할 수 없다. 경험이란 경험하는 주체에 의해 선택된 순간이다. 언제나 나 스스로도 궁금한 것은 어떤 경험은 그렇게 강렬해서 시로 써지며 어떤 경험은 흔적도 없이 사라지고 마는가 하는 것이다. 답이 없다. 이것은 시선의 문제도 아니다. 나는 그리 넉넉한 집안에서 태어나지 않은지라 가난을 알고 가난한 이들에게 눈이 간다. 특히 가난하나 어진 이들, 가난 속에서도 스스로 가진 미학을 안고 가는 이들에게서 감동을 받는다. 그들과 함께 보낸 시간이 시로 들어온다. 동병상련이지 계급과 같은 정치·경제학적인 용어로 설명할 수 없다. 더 나은 사회를 염원하지만 시가 개혁이나 혁명에 복무할 수 있을지는 의문이다. 나는 집단적인 행동을 혐오한다. 내가 데모에 나간다면 그건 내가 시인이어서가 아니라 한 시민이기 때문이다. 어떤 사안을 반대하고 혹은 찬성하는 한 개인이기 때문이다. 데모대 속에서 나는 철저히 내가 시인임을 잊어버린다. 다만 시민으로서 내 항의를 표현할 뿐이다. 반대로 아주 부자거나 권력이 엄청난 이들과는 잘 어울리지 못한다. 그들이 부도덕할 확률이 크다는 것 때문은 아니다. 가난한 이들 가운데에도 부도덕한 이들은 많다. 다만 부와 권력의 문화라는 것이 나를 미학적으로 홀리지 못하기 때문이다. 아마도 그 문화 속에서 아름다움을 발견하지 못하는 것은 내가 그 문화를 직접적으로 경험한 적이 없기 때문일 것이다. 그래서 이렇게 말해본다: 이 세계를 그리고 인간을 가난과 부, 권력자와 약자로 이분할 수는 없다. 다만 나는 인간의 결핍에 관심이 있다. 결핍이 빚어내는 내면은 인간을 인간답게 한다. 결핍을 인식하는 것이 어쩌면 시쓰기의 시작일 것이다. 세르누다의 시집 제목을 인용한다면 "현실과 열망" 속에서 시는 탄생한다. 시에 전망은 있는가라고 누군가가 묻는다면 나는 이렇게 답할 것이다: 도대체 무엇을 위한 전망인가라고. 전망에 대한 질문의 근원은 도덕에서 나온다. 시는 도덕을 위해서 존재하지 않는다. 도덕적인 시들은 경외할 대상일지는 모르겠지만 시는 도덕 너머의 어떤 경계를 아우른다.

6.

　외국에 살고 있다고 지금 한국 사회가 겪고 있는 수많은 '트라우마'를 함께 겪지 않는 것은 아니다. 세월호에 대해서 적지 않겠다. 그 비극의 규모와 깊이를 염두에 둔다면 우리는 한참 시간이 지나서야 정말 무슨 일이 벌어졌는지를 '이해'할 수 있을 거라는 입장이다. 하지만 세월호 이전에 일어났던 일에 대해서는 잠깐 언급을 하고 싶다. 지난 대통령 선거의 개표 결과를 인터넷으로 보면서 나는 절망했다. 내 유년 시절의 트라우마가 돌아오고 있어서였다. 한 개인을 집단의 일원으로만 보던 그 시절이 나에게 선물한 것이 있다면 정치적인 폭력, 억압 등등이 한 개인이 개인이라는 사실을 아주 하얗게 지워버린다는 것을 몸서리치게 알게 했다는 것이다. 민방위 훈련, 교련 시간, 도보 행진, 행군 훈련 사열식, 국민교육헌장 등등이 내 유년과 청소년 시기를 빡빡하게 채웠다. 이런 훈련들이 교과 내용에 포함된 학교교육은 흔적을 상당히 오래 남기며 지워지지도 않는다. 오십 초반을 외국에서 살고 있는 내 행태에서도 곧잘 그 시절의 흔적은 발견된다. 그때마다 소스라치게 놀라지만 어찌할 수가 없다.

그런 시절을 보내고 난 뒤 지금까지 나는 한 '개인'으로서의 나를 발견하는 것으로 수많은 시간을 소진했다. 어쩌면 내 시쓰기의 모든 시간은 나를 발견하는 일이었다. 아직도 나는 그 일에 익숙하지 못하다. 내 세대는 아직도 자신을 개인으로 생각하는 것에 익숙하지 않다. 또 어떤 의미에서 내 세대는 '적'과 오랫동안 대치하면서 '적'의 얼굴을 닮아갔는지도 모르겠다. 내 세대는 유감스럽게도 '개인'을 발견하고 인식하고 온몸으로 받아들이지 못했다. 자신이 당한 억압을 통하여 내면을 해방하는 것에 실패한 세대인 것이다('내 세대라'고 적었지만 이건 나만의 문제인지도 모르겠다). 나는 시인이라서 시를 통하여 '나'를 들여다보고자 했다. 내 안에 든 수많은 나와 타자, 다양한 시간과 공간, 그 안에서 정의되지 못하는 '인간의 시간'을 보고 싶었다. 시의 사회적인 역할이 있다면 그즈음에 있지 않을까 싶었다. 그것도 실패했다는 생각이 든다. 하지만 인식은 하지 않았는가. 시가 한 인간을 자연으로 되돌려놓을 수는 없겠지만 '트라우마'를 안고 살아가는 이들의 시간을 함께 견뎌내야 하지 않겠는가. 시는 나에게 아무런 답을 하지 않지만 시를 쓰는 시간, 그것 자체가 다만 답이다. 시를 쓸 때마다 나는 나에게 묻는다. 너는 너의 고아를 혹은 고아성을 계속 간직하고 있는가?

가기 전에 쓰는 글
ⓒ허수경 2019

초판 1쇄 발행 2019년 10월 3일
초판 7쇄 발행 2024년 8월 8일

지은이 허수경
펴낸이 김민정
편집 유성원 김필균
디자인 한혜진
저작권 박지영 형소진 최은진 서연주 오서영
마케팅 정민호 박치우 한민아 이민경 박진희 정유선 황승현
브랜딩 함유지 함근아 박민재 김희숙 이송이 박다솔 조다현 정승민 배진성
제작 강신은 김동욱 이순호
제작처 상지사
펴낸곳 난다
출판등록 2016년 8월 25일 제406-2016-000108호
주소 10881 경기도 파주시 회동길 210
전자우편 nandatoogo@gmail.com **트위터** @blackinana **인스타그램** @nandaisart
문의전화 031-955-8865(편집) 031-955-2696(마케팅) 031-955-8855(팩스)

ISBN 979-11-88862-53-5 03810